识莱

伊乔 著

花山文艺出版社

序言 Introduction

感谢网络上 WHOEVER 发明了这么一大套东拉西扯的玩意儿，实在是省了我不少的力气。当然，内容有一定的时效性，请各位适量选取。

现在几点：1 点 36（刚写完变成 37 了）

你现在正在听谁的歌："天王＋天后"级

你在哪里工作（读书）：LONDON , GB

你最后吃的一样东西是什么：CASINO FREE DINNER——经典的烧鸭饭

现在天气如何：看不清，黑天，开车回家的路上带风

戴隐形眼镜吗：不戴（曾经幻想戴一副美容镜，结果戴一个半个小时，另外一个戴不上）

上一次吹蜡烛的数目：1 支（FRIDAY 餐厅给小孩子免费的生日蛋糕，只给我的 SUNDAE 上面插了 1 根蜡烛）

你通常吹熄这些蜡烛的日期：7 月 12 号

喝过酒吗：BAILEYS 是我的最爱，不过没有能力负担太多，还有就是周围太多管家婆和管家公

暗恋过几个人：小学 1 个——初中 1 个——高中 1 个（现在看起来都像大叔级的人物）

你喜欢你目前的生活吗：麻木、迷茫

你们家养过什么：永远是兔子 （鼎盛时期曾经有鸭

子，荷兰猪，兔子和鸽子挤在一个方块大的阳台里）

星座：巨蟹座

兄弟姐妹和他们的年龄：我一个都这么费钱，别兄弟姐妹了

会因为害羞而不敢跟人表白吗： 会

有几个耳洞：两个，具体位置不太清楚

不敢吃的东西：太夸张的都不敢吃也没想吃

最喜欢喝什么：COFFEE(CAPPUCCINO)， BEER(STRONGBOW)，SOFT DRINK (COKE)

最喜欢的数字：6、66、666、6666……

喜欢看哪种类型电影：喜剧

最喜欢的卡通人物和品牌：粉色豹子(不知道真名)/VIVIENNE WESTWOOD，KENZO

最喜欢春夏秋冬哪个季节：秋天 （炎热不再）

最喜欢吃的是什么东西：一切好吃的东西

最喜欢的冰淇淋种类：STRAWBERRY+CHEESE CAKE

最怀念的日子：空缺

最伤心的经验：到目前为止还没有算得上伤心的

最喜欢星期几：哪天不工作就喜欢哪天

最喜欢的花：LILY

最喜欢的运动：所有可以燃脂的

如果有来世：当个明星还是爸爸妈妈的孩子，可以让爸爸妈妈饭来张口……

讨厌做的事：天气热，空调不认真工作，上班

擅长的事：太多了…… 比如：休闲、血拼

卧室地毯的颜色：天蓝＋灰＋白

最想做什么职业：挣钱的职业

你们家住几楼：2 楼

觉得自己 10 年后会在哪里：哪里都有可能

无聊的时候你大多会做些什么：听音乐，做设计 (比较高雅、时尚啊)

对于没有把握的事情态度如何：很担心做不好

想过要怎么对付你讨厌的人吗：眼不见为净

你的另一半帮你付钱是理所当然的吗：当然不是，现代人。这个哦，我会比较开心

如果有人误会你：随便吧

觉得同性恋如何呢：很好的朋友

觉得自己的长相如何：能为社会出一份力

世界上最好的事：中文成为世界首语

见过让你觉得最呕的人吗：说了也没人认识

想要几岁结婚：要是想就可以，那还要现实干吗

今天心情好吗：一般偏热

想过自杀吗：再议

通常几点上床睡觉：11：00p.m.~1：00a.m.被称为美容觉的时间

最近在看什么电视：CHANNEL V 新出炉的 Music Video

最近在做什么事：起床→DUTY→无聊→OFF DUTY→休息

最近在听的音乐：UK 排行榜

最近在吃的东西：比较奢侈的菜饭，就先保密啦

最近在看的报纸：EVENING MAIL

最近关心的话题：汽车，房地产，服装圈子

最近常去的地方：SELFRIDGES＝工作的地方

最近最想做的事：我要跳槽

最近的身体情况：半夜吃太多

最近理财状况：攒钱不容易啊

对朋友最想说的话：有你真好

对自己最想说的话：走自己想走的路

想一个减肥的良方：不要纸上谈兵，要实际行动

记忆中做过最疯狂的事情之一：我不疯狂

喜欢K歌的程度1-10依次递增：最近新发现很多家，而且价钱合理

最喜欢吃的食物：姥姥做的鱼、炖的酸菜和炒的白菜木耳（凉拌白菜我已经成功掌握）

最喜欢的水果：西瓜、芦柑

最怕什么：朋友，家人不在身边

现在最想做的事情：打印论文

最遗憾的一件事情：不能在爸爸妈妈身边

短期的目标：跳槽成功

现在最想买的东西：BMW 5系

是否劈过腿：什么叫劈腿？哈哈哈哈

最不能忍受另一半的性格特征是：不能忍，不想忍就不能在一起了

最想将来定居哪里：繁华都市

近一年，最丢人的事情是什么：车库里偷看人家的SLK，被车主看到

带我去放焰火好不：没火

有没有红颜知己：蓝颜知己，谢谢

去年最快乐的是哪天？为什么：存款达到顶峰的时候

至今为止最难忘的一件事：蔫巴（最具人性的小兔子）去世

你在森林养了好几种动物，马、牛、羊、老虎和孔雀，如果有天你必须离开森林，而且只能带一种动物离开，你会带哪种动物：马

现在谈恋爱，你会告诉父母多少具体情况：不问也不会说的

对自己的未来有什么想法：在DUBAI：BURJ AI AREAB 住上1年

如果哪天迫不得已要马上逃生，只能带一样东西，你会带什么离开：照片

给你一块钱，你如何拯救世界：不好意思，能问点实际的吗

明天中午和晚上吃什么（这个问题其实很麻烦）：估计会是PASTA

遇到困惑时你一般会先找谁求助：自己

不开心的时候怎么让自己开心：尽量不去想不开心的事

你有什么别人没有的特异功能吗：只有别人有的

你现在生活幸福吗？列举具体表现：衣食无忧，没有费太大的力拿到了硕士学位，可以挣钱了

CONTENTS

PART ONE·····················001

    美丽的一天·····················002

    逛英国之疯狂圣诞·····················004

    逛英国之寻工记·····················007

    逛英国之平常音乐·····················010

PART TWO·····················014

    四月SHARE APRJL·····················016

        愚人

        复活节

    交通力·····················019

    SPRJNG TIME 春时·····················020

    梦想·····················022

PART THREE·····················028

    游走英伦·····················030

        保升的股票＆画外音

        小小的风险＆解析

    成功逃身·····················042

    金场·····················047

PART FOUR·····················062

    网络日记·····················064

    色·····················076

    蕉巴·····················080

PART FIVE·····················082

    美丽相约：畅游秋季流行·····················084

    非常组合：挑战温差烦恼·····················087

活力四射：运动肌肤保养实录…090

冬日滋味……………………092

　　雪

　　鱼

　　窗外

　　蓝宣

　　钟爱

PART SIX……………………102

不想长大…………………105

点击爱……………………106

彷徨………………………108

烛…………………………110

心锁………………………112

收获………………………113

现实都市…………………114

融冰………………………116

答案………………………118

诺言………………………120

翔…………………………122

守候美丽…………………124

不曾失去的回忆…………126

走下去……………………127

莫名………………………129

只为快乐…………………130

不懂………………………132

365………………………134

隐退………………………136

遐想………………………137

后记……………………138

PART ONE

剑桥·英国
CAMBRIDGE , UK

美丽的一天

Follow me！搭上"时光快车"，和我一起回到那里，享受美丽的一天。

不经意间养成了睡懒觉的习惯，尽管从来没有迟到过。

8：00a.m.~9：00 a.m.

半梦半醒之间坐在公车上享受被众人包围的乐趣。

9：00a.m.~9：30 a.m.

人烟稀少的学校。

第一个到达藏书量大得惊人的图书馆。直奔位于角落的电脑区，稳坐于可以和世界另一端接轨的某台电脑前，查看新鲜与不新鲜的News和绯闻；听听妈妈最新一轮的及时快递；联系久未谋面的老友们；附加上最新的文章和照片……

9：30a.m.~10：00 a.m.

硕大但没什么人的教室。

今天是交作业的日子，亲爱的同学们并没有因为要交作业就准时到达，这其中还包括老师。

想必大家迟到的原因是不想得到新的作业吧。唉！劳苦的我们还要给三年级的学姐们用尽其能地无限付出。

人手一本A2的作品集。老师别出心裁地没有给我们留下任何观摩他人作品的时间，就急忙忙地把我们赶进三年级学姐们的怀抱里。

10：30a.m.~1：00 p.m.

RESEARCH阶段，徜徉于知识的海洋。为学姐的final design贡献出自己的所有力量。

1：00p.m.~2：00 p.m.

善良的学姐终于发话："Lunch Time！"突然发现学姐第一个冲出了教室。Canteen里早已是人声鼎沸了，同学们成群结伙地围坐成一团，享受着大厨制作的不太精美的食品。

2：00p.m.～6：00 p.m.

懒散过后继续工作……

6：00p.m.～不定

Let´s party！阳光异常明媚，突然看到草坪上正在庆祝着什么的学姐们，看起来是那么幸福，好期待那一天的到来……

Do sports！难得碰上这么好的天气，热爱足球的帅哥们异常兴奋，大喊着："We love football forever！"

不知道从什么时候开始，party演变成了有性别之分的东西了。我当然加入了女生们的聚会中，至于男生们的……我们也悄悄地派了卧底，否则大家就看不到他们的吃相了。

Let´s Rock&Roll！仿佛每个英国人脸上都刻着"我是夜行人"的字样，其中年轻人又理所当然地成为主力军，前些日子被同学好一番劝说才勉强同意和他们一起夜行，谁知被他们一致评为深藏不"漏"者。

逛英国之疯狂圣诞

圣诞节后的疯狂大减价一定是一年之中的最好时节，才不管你是超级还是普通级的购物狂，当你面对无数的低至2折的东西的时候，钱早已是身外之物了，需不需要也抛至九霄云外。

我选择了这样的时候重返英伦。

再次踏上这片土地，好像既熟悉又陌生。其实早已经熟悉了一些事和一些人。

请倾英派观到此为止，之后的内容倾英派不宜。

还有那些被我称之为笨笨的英国人。我喜欢他们到达了一种不可收拾的地步，和他们混在一起你会有无限的自豪感，嘴里夸他们聪明心里悄悄嘲笑他们，反正天大地大，谁也管不着谁的。不过，笨笨的英国人偶尔也会有个别的工于心计，还是劝各位初到者小心为妙。

先介绍一下你们的导购兼个人形象设计师：本人伊窈（yi yao，发音听起来像是日本人的名字，伊窈）。取这个名字只是为了混口饭吃，因为外国人只会看而读不出我的名字，所以这个伊窈的名字就应运而生，大家多多体谅。虽然已经过了花季，可还是可爱的风格。时尚界人士（将来时）。现在

正在为此付出青春，在英攻读服装设计本科课程。普普通通的中国人，说不上十分漂亮，但无数次被人们称为可爱。

兜个圈子希望购物狂们还在继续关注。逛街就是我的职业，有没有一点羡慕？一定有，哈哈哈！请大家准备好纸和笔，开始记录。

大减价！万岁！几乎是所有的大小商店都在大减价，我说过了，是疯狂的。前几天看好了一双原价 30 镑的鞋子滴血成了 10 镑，当然要买了。还有还有，好几百镑的 D&G，CHANEL、GUCCI、PRADA 也是不停地滴血，100 镑，几十镑的都有。这样的好货并不是轻而易举就可以得到的，你要费尽心思，我的意思是他们不会像其他店一样大言不惭地举出减价的牌子，所以你的视力一定要很好，努力搜索每个小角落才可能有大收获。非常抱歉的是本人因为不是"名牌一族"，所以只是证明了一下自己是个拥有好视力的人。

我喜欢没有牌子的小店，就像北京东四、三里屯的小店。事实上他们现在好像已经不再是没有牌子了，有很多家已经很是出名。但我还是称他们为没有牌子的小店，希望店主们不要来堵我家的门口要求讨回公道。想象一下，好惨呀。所以，特色店，店主们也不忘记赶个潮流，我连做梦都是大包小包的。

既然当了大家的导购兼形象设计师就要尽其所能地向大家介绍这里的状况，这样才称职。说句实在一点的，虽然我的偶像大部分是英国的设计师们，但我还是要说句公道话，英国本地的服装品牌还是有很大的发展空间的，比如 NEXT，MARKS&SPECER，价格是不菲，但设计大多只是潮流变向的追逐。年轻人，就完全属于另外的

世界，不是天价还有设计的特色店商品，缺陷就是没有办法向别人显示你衣服里的标签，可是，又有多少人只看标签的呢？除了我这种专业人士（随便说说，不要那么认真呀）。价钱不等（等于白说，人人都知道价钱不等），因为不是网上购物，就以我所购买的几件商品为例作一个说明（时价比：1 英镑 ≈ 15 元人民币）：

印度风格手工缝制腰带，成人价：37.5 镑；学生价：22.5 镑（一眼看上的东西，越看越喜欢，任凭谁拉都不肯放下的）。其实也是下狠心才买的，如果是在中国 100 多块钱也不会太犹豫的，可是在这里什么都要花钱，一花还是几百几百地花，所以我和我的一些朋友称这些不是必需品的为奢侈品。

SWATCH 手表。更大的奢侈品，看重的就是国内没有的款（本人在英国买奢侈品的原则就是一定要中国没有的东西）。成人和学生统一价：140 镑。不行了，我的心在滴血，真的有一点不明白当时怎么就犒劳了自己这么大的一份礼，但我还是有个优点，什么事情做过就不后悔，因为这世界上没有后悔药，做过就是做过，没什么好后悔的（这真的是个优点，在此告诉所有正在读文章的朋友们，任何事情一定要经过考虑才可以做决定，一旦做了决定就不后悔，无论结果是不是你所期望的。好严肃的话题呦，对不起，下次不会了）。

其他东东因为圣诞节的时候回中国就顺手带回去了，所以没有真实物品可供参考，大概报一下价钱：club wear 一件 8 镑；黑色直筒裤一条 13 镑；印度风格手工缝制鞋一双 19 镑。

到此，不知大家的购物游尽兴没有，话多纸短，此导游（兼导购）非彼导游，所以我还会和大家见面的，等我。

逛英国之
寻工记

生在小康之家，家产并非亿万。为了分担父母的压力，开学初始便早早决定在学习之余找份 part time，勤工俭学既可以贴补家用，又可以锻炼自己的能力，未必不是件好事。

在国内时的我，远远没有想过打工挣钱的问题，虽然也在一些时尚杂志社兼职帮过忙，但终究是凭喜好而已。只懂得怎么让自己过得好一些，我想

华威
WARWICK

这也是国内大多数家庭条件优越的孩子现在的状况。可能是因为社会观念、习俗的不同，在西方社会成长的孩子们 18 岁后就是独立者，这已是不争事实。请大家一定相信，并不是《成长的烦恼》里特有的情节。

每每当你深入其中，就自然会被周边的人和事带动。这点对于初来乍到的我尤为突出。

入住大不列颠岛国不久，就自然开始了我的寻工之旅。先是向各路英雄打听寻找工作的途径，结果说是中餐馆最合算，直接给 cash，还不用上那高达 30per cent 的税，听起来很令人心动。对一个女生来讲，就其最大的弱点——必须时时警惕和时时担心的安全问题首当其冲。在中餐馆吃喝的人们大多数都是些夜猫子，半夜 12 点可能刚刚开始，所以身为服务员就一定要"守候"到底，再后来就不用我说什么了，深夜两三点钟在异国他乡漫无人影的大街上孑然一身独自跳舞，此情此景可想而知。但因为急于工作心切，当时的想法就是让雇主先要了我，然后我再考虑去不去，这样比较主动。

于是就厚着脸皮，赔上满脸笑容去问人家要不要服务生。现在有没有人来猜一下答案？5-4-3-2-1-0答案揭晓：人家说只要男生。这下搞得我一头"雾水"，心想这帮人还真奇怪，在国内就算是高级饭店的服务生，也是有女孩子的，这里挺特殊，看来哪里都有重男轻女。一边这么想一边还是要赔上满脸笑容地说 thank you。

因为不死心，先后去过三四家中餐馆，故事的过程各不相同，结尾却殊途同归。

之后，细细琢磨，觉得各路英雄其实并不可靠，自己才是最可靠的。开始往返于政府的 job center，那里面有成千上万的工作机会，只不过竞争对手都是强敌——失业率越来越高的趋势下的今天，技艺高超的本土大军，使得我们这些外来的留学生真是没有什么竞争力。但凡事都需要试一试，起码努力过才可以死心。面试过四星级饭店咖啡店里的服务生，递上过无数份 cv，结果仍然是几家欢喜几家愁，欢喜了人家，愁了我等。

妈妈说应该找一些和我学的专业有关的工作，锻炼真正的专业能力，我想这说得很对。于是，又开始寻找另外一条阳关大道，不停地缠着我的 tutor，最后被我发现了一个绝好机会：伯明翰即将有一场大型的服装展览，其中的 catwalk 很需要 dresser，靠着自己著名的学校和专业，我很轻易地取得了这个机会。这是我将来生活的圈子，美丽的羽衣霓裳，漂亮高挑的模特，并非很男人的男性 fashion designer。那场展览持续了数周之久，每天有 4 场 show，虽然忙得几乎没有喘息之机，但有种自豪感、荣誉感。幕后人员的感觉真的很不错，在此前，我总以为只有幕前的演员感觉才会好。有了这样的经验之后，一些大规模的时装发布秀和展览都没有什么可以难倒我的了。有了这样的经验之后，那家伦敦的策划公司每次都要叫上我。现在，我和他们——策划公司的决策人和办事人已经混得很熟了，我终于离我向往的时尚圈儿越来越近了……

　　至此，寻工、打工并没有完结，挣钱养活自己的路还很长很长，单单凭一个月都不会有一次的 show 来挣钱，那还是属于自己的喜好和过把瘾。

　　我相信，机会只降临给准备好的人。于是我重新开始，从头开始，认认真真地撰写cv，注重细节，希望上天把机会降临给我。终于，功夫不负有心人，在一个很偶然的机会下，我看到一家西餐馆贴出了招人的告示，于是没经大脑思维活动就直冲进去，与经理进行了长时间谈话后，我被告知下周上班，要穿白衬衫，黑裙子，黑鞋等等等等，要求蛮高的。我终于有了自己一份稍稍固定的工作，不知能干多久，但我仍然欣喜若狂！

　　生活是美好的，所有的故事都应该有大团圆结局，我的故事也是如此。

逛英国之平常音乐

本以为我对音乐的爱好是长久不变的了，港台大陆新人辈出的年代总有一款适合我。深信很多人对音乐有独到的偏好，我是世俗中人，无法想象没有了音乐的寂寞世界。我爱音乐！

学生时代是鉴定音乐的年代。要好的女生悄悄聚在一起，高谈阔论着最近最新视听的音乐。在大英帝国独自呆久了，少了可以和音乐鉴定专家们交流的机会，少了被母亲称之为哼哼唧唧永远没完没了的流行歌曲，假如你们是我会做些什么呢？其实这个问题很可能没有答案，你们又不是我，其实我早已下定决心不当退出江湖的令狐冲，还好有这个伟大的决定，不然音乐鉴定界就会少了一位有勇有谋的资历不算太深的专家。

China town 里的东西无论 cd、卡带无一幸免逃得过高价先生的五指山，虽然它们流行，闪着耀眼的光芒等着我用白花花的银子接它们回家，但凡是说到银子就另当别论。望梅止渴的伟大传说至此被我要求重新考证，因为没有人可以只看外表就可以享受其中音乐的，如果看此文的哪位高人有此功力，在下甘拜下风。人总是要学会变通，出门在外这一点的重要性就更加体现出来了。条条大"陆"通罗马，由于大英女皇头像的影响，转战英国音乐市场，准备大干一番，杀出一条血路。

静静地拿出被世人称为神奇盒子的收音机，大肆地鼓捣拨弄着。这才想起为我独自闯荡江湖而做足深入调查的母亲大人先前在我面前曾拼命称赞神奇盒子巨大的功效。果然前辈就是料事如神，从早上 6 点到夜半的歌声，不同的 channel，无尽的音乐。我庆幸终于可以找到用武之地。流行和不流行的音乐的地位不亚于足球在大不列颠的地位，这才后悔当初的闭关锁国，这并非指国家政策，只是针对我个人的一个形容词，放眼世界，才看到自己的渺小，才看到自己所倾心的音乐的渺小。

师傅领进门，修行在个人。

境界一：不完全掌握每个词语的准确意思，意识模糊地聆听着音乐，虽然这种状况同样可以在听日渐衰落的周杰伦先生的音乐中感到，但我已经强调这是境界一的表现。有人反对，是这样说的：听的既然是音乐，就不应该太在乎音乐里的每个词语，要在乎的是旋律。有了意境所有一切及其他等等就显得无足轻重了。如果是这样，我们就再不用林夕这样的填词人，格莱美奖也再不用有最佳歌词这一奖项了，如此的结果便是导致大批音乐人中的词作者也成为下岗大军中的又一批新成员。我知道词不是音乐的一切却也是音乐万万不可缺少的一个部分。不只是汉语的博大精深，英文也有它高"奥"厚重的一面（如还有哪位仁兄持有不同意见我们就不在这里辩论了，请私下单打独斗。场地为：Mengyiqiao_712@hotmail.com.）。在经过音乐翻天覆地的熏陶后（其间，需24小时对音乐不离不弃），方可提高些许，勉强达到境界二。

境界二：是可大概领会主唱人所表达的意思，并且开始马不停蹄地寻找歌曲的名称，想方设法搞到每个具体的细节。说得再明白一点就是开始有要买cd的冲动，这一境界实是很难达到，因为要挣扎在银两与需求的海水岸边之间。本人就有切身的体会，希望大家可以借鉴实例：那件事情发生在很久很久以前……stop！很久很久以前我真的存在吗？答案是……否！所以，事情是发生在去年的圣诞节前夕。神奇的盒子在立过无数次功之后再次带给我真正的惊喜，一首情歌，伤感却让人在听后心里存留着点点兴奋，那种感觉似乎只可意会不可言传，借纸和笔的威力恐怕达不到，唯有希望各位可以理解。于是我一边更加抱着神奇盒子不放，真心盼望着dj可以为我多放几遍，让我仔细享受其中。另外一边逛遍大小音像店，一动不动地坐在电视面前直盯着Hits音乐频道，希望可以在排行榜的榜首看到他灿烂的微笑，盼望着那个完美的mtv的出现，只是望着他，不一定要选择哪个海岸投靠，没有银两与需求的对抗。境界二就是过程，一个可以导致最后结果的重要过程。选择是重新修炼还是飞跃最高境界。重新修炼就是你发现他并非是你想要的，你放弃，重新寻找。反之，确定他就是你的最爱。

境界三：即最高境界：把你所想要的保留永久。尽管不同语言，但一句惯用于各大颁奖典礼的经典话会在

这里继续得到沿用：音乐没有国界，没有语言之分，谢谢。抛下银两不理，需求终于战胜一切，我买下了价值不菲的《if you are not the one》的cd。奢侈品还是珍藏品就见仁见智了，我爱他爱得并非普通。

说到底，经我仔细观察，大不列颠的年轻人走在路上被耳机分神的概率大约70%～80%，他们的耳机倒没有什么特别，就因为他们也是爱音乐的人。

除了神奇的盒子，这里有大大小小上百家音像店，每家店都有视听机，虽然也偶尔有数台被摧毁得惨不忍睹，但大多数还是屹立不倒在音像店里，你大可以装得满脸无辜地狠狠地饱饱地听上一个下午的最新音乐，唯一就是要不停地换机子。

如果你真的是一个发烧友，这里也同样有适合的驿站：二手音像店。音像店的老板是年轻人，沟通起来就方便得多，列张单子扔给他，不出10分钟他会不紧不慢地告诉你地理位置。银两也是可以有商有量，这些就是靠个人魅力这东东了。有位大侠痴迷二手音像店（并非痴迷老板，虽然老板年轻有为长得又一表人才），他每次是只进不出的，日子久了不知道是他忽然个人魅力大增还是日久生情之类的，原本10镑的黑胶碟片帅帅的老板3镑就割爱。给我的提示就是：唉，这世界真是不公平啊。

不然就是另外一种神奇大盒子，由西方神人发明的电视机。现代人的生活据说是离不开电视机，抛开别人，就此我一定是个十足现代人。电视也同样是获取音乐的一个好途径：我之前提到的Hits就是这里的音乐频道，24小时不停音乐，是视听同步的享受，mtv总会给我或多或少的惊喜。

世界大同。我最新结识的梁山好汉们在长时间接触后终于无法再伪装，在我面前没头没尾地开始大谈起音乐，新的专辑、新的排行榜。我一阵阴笑，可知道，不曾退出江湖的令狐冲在此。

PART TWO

我的第一个家
伯明翰·英国
ST BENIDICTS ROAD,SMALL
HEATH,BIRMINGHAM,UK

愚人节

　　心里做好准备愚人节那天被娱一下，结果却让我有点失望，除了意外从网上看到国荣叔叔自杀的消息，本是想各大网站还真是有点新意，就是不晓得叔叔会不会介意。结果第二天再去看娱乐头条时，叔叔的新闻还是屹立不倒，仔细看看日期早已不再是蠢人的节日，又经最近对八卦新闻尤其注重的妈妈的"文艺界人士真脆弱"的证实。我们的国荣叔叔真的是……忽然想到会经常在地下通道出现和你要钱的英国的穷困人民们，好死不如赖活着这句话得到又一活生生的实例。他们大多数都是年轻带狗，带狗的原因有多种，其中最重要的一点是有人给狗钱而不给人钱；第二重要的就是政府被我称为狗基金的政策，确实忠实的狗仔队们给他们带来了一

笔不少的生活经费。朋友曾经想深入敌人后方探个究竟，没有一个结尾的故事就此开始……

……愚人节之不愚人的消息、复活节之不复活的国荣叔叔……只是我们还要活着，愚人、复活只是个节日，我们愿意激烈或平淡地过，包括那些带着狗乞讨的大不列颠的后裔。

无惊无险地得到复活节的3周假期，固然重新开学后又一篇2000字节的essay要交，两个presentation要做，最少16幅A2的时装画要画，但有时候就是不想理会太多，趁机做个快乐的包打听：早已把分数置之度外的小A誓言要和隔壁青梅竹马的漂漂妹妹欧洲无限期游；身为用工一号的B君扔给我一个大意外："哥们们有约在身，约为自行车英国自助行。"说完还和我挤眉弄眼让我保守秘密。既然身为包打听就要恪守职业准则，当然是不遗余力地大肆宣传。不巧在走廊的某个角落里直板板地站着我们年轻帅帅的导师，冲我笑得那么灿烂："好好放松一下吧，享受生活。"想听些实在话吗？如果是在中国，我才懒得理会之后会发生的事情，定是毫无顾忌地忘情忘爱忘伤悲。只缘身在异国，领教了货币比例的不平衡后，做事谨慎小心。最主要最重要的就是：我是个好学生！

复活节

　　圣诞节过后的商场至今还未能完全平静。前几天又轮到做市场调查，把大大小小的店铺又扫描了一遍，原来打折现象还依然存在，零零散散像是解了体的苏联，终于失去了与美国抗衡的能力，不同的是商场里的美国就是自己，这样又会牵扯到市场营销的问题。总之士气大减，远远不及圣诞时。价钱也只是去了一些零头，看了价钱之后再看看标牌，骤然觉得品牌的拥有者其实是个大抠门。

　　但是新的季节让所有的品牌拥有者都站在商场的最高处俯视着忙碌购置新衣腰包又鼓鼓的消费者们，看，他们笑得有些诡异……

　　因为复活节的即将到来，一种被称之为巧克力鸡蛋的东东被各大商场超市列举为首推产品。在房东太太的强烈推荐和铺天盖地广告怂恿下，小心翼翼地买了一颗名牌的Easter egg，虽然只有小小的一颗却也花去了我整整RMB34。我是节俭一派，所以敬请放心，谁也说不动我花上4镑钱去买一个巨型巧克力鸵鸟蛋。

　　拳头的四分之一大小的巧克力鸡蛋被我抱在怀里，走在阳光灿烂的3月，终于没能忍住狠狠咬下一口……之后的感觉就是非常自觉地吃了一堆糖，甜的程度可比甜味素的那种，介于液体和固体之间的有些黏稠度的甜水。虽然它是清黄俱全的巧克力鸡蛋，但可惜，试尝之后给我的唯一感触就是西方人对食物的鉴赏标准实在不敢苟同。

　　回到家里，房东太太的儿子还在津津有味地大口咬着巧克力鸡蛋。仿佛有种人吃我吃，誓死要赶上饮食时尚的精神。心想吃的时尚才不是那么简单的事情。

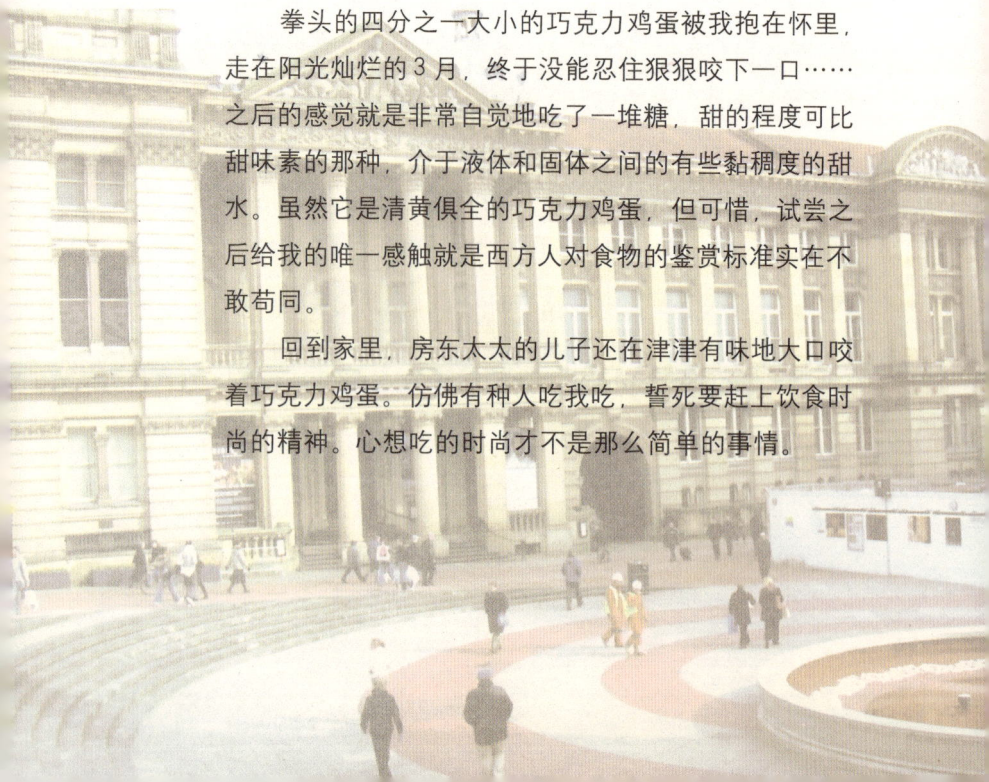

交通力

在中国认识但不熟悉的朋友某日驱车大驾光临，耀眼的在中国也不多见的红色丰田跑车被他横停在窄窄的马路中间，所有路过的行人及车辆都齐刷刷地向红色丰田跑车看齐。就算是我也忍不住不停地看，仿佛如果再多看几眼自己也会同样地拥有一辆。单刀直入的外国人在这时更是显现，"你的车子卖不卖？""你的车要多少钱买？"等等等等。

汽车这种工具在英国的人均拥有量虽不敌德国却也是居高不下。年轻又时髦的白领蓝领一般的选择都是耀眼但不实用的各款跑车，BMW，欧产标志，奔驰……种类颜色齐全任君选择。帅帅的成功男士，一辆回头率百分百的小跑，贯彻山谷的巨声摇滚一路随行，驰骋在成功的高速公路上，不巧被负责开超速罚单的PC撞了个正着……我们就可以幸灾乐祸了。

有家室的老一辈白领蓝领的首领们开的车子也自然成熟老练很多，大多数是些颜色深沉的沃尔沃，不仅显示身份还可以载着一家大小往返于高级商场饭店之间。

普普通通的拥有众多孩子的和睦家庭选择汽车一般是比较能装人的，特别强调实用，于是就与年轻的跑车一族们在不知不觉中形成了对立，欧产雪铁龙的毕加索在这里很多人选择，外形设计还不算落伍，理应属于经济实用型。

当然还有一些驾驶着89款的丰田和每天使用公共交通工具的人们，我在这里向他们致敬！

SPRING TIME 春时

　　毫无信赖感可言的BBC的天气预报员正斩钉截铁地确定着今后一周的大好天气，我无意中瞥了房东大人一眼，发现她早已沉浸在欢乐的计划中："好天气就要带孩子们出去玩，还可以在我心爱的花园里一边享受着无限的阳光，一边吃我的早、午、晚餐。"不过，她使劲地看了看身边只对摩托车感兴趣的老公，"现在明明是春天，怎么却是夏天的样子了呢？"老公继续默默无言……

　　经过时间的考验，证明气象台的工作人员们还是有一定头脑的，因为接下来的很长时间一直生活在阴暗世界的人们终于享受到了阳光的温暖。于是大家都像房东所计划的那样。市中心的草地上躺满了西服革履的白领，他们懒散地围坐一团，计划着又一个新的"阴谋"；得到复活节假期的孩子们在阳光下也是无所不能：玩滑板、踢足球和逗狗。我拍的照片就是有力的证据。

　　我参加过很多次五月的鲜花节、合唱节之类的活动，但是英国过节的日期比国内足足早了一个多月，因为鲜花满地的是四月。不过就是没有太多人用照相机记录这些美景，我倒是翻箱倒柜找出来一台小相机，咔嚓咔嚓地乱拍一通，回想在中国的节日，才不会因为那天的灿烂阳光而大肆宣扬一番，然而时过境迁人　变，受够了暗无天日的英国天气，我激动地拨电话给朋友，无理地要求在考试前夕放肆大玩一下。

　　复活节比我想像得寂静，早上起床在楼梯的转角处得到了属于我的Easter eggs，这是房东对我平日表现的善意奖赏。随后的十几

小时在房东的妈妈家度过，房东十分感慨地指着立足于城市边缘的那座房子特意放大声说："这就是我长大的地方。"

湖区·英国
LAKE DISTRICT·UK

爱丁堡·英国
EDINGBURGH,UK

梦 想

　　每个人都有梦想。每当夜晚来临，透过窗纱仰望天上的星星，明知无法采摘，一颗年少浪漫的心却总希望有一天去寻访他们的踪迹。憧憬着自己的梦想，和星星在夜色中对话。有梦想，才有成功的可能。

　　我的梦想源于儿时。

　　我的外祖母擅长女红。我自出生就穿着她亲手缝制的漂亮衣服长大。耳濡目染，四五岁时我便对服装产生了浓厚的兴趣。梦想有一天也像外祖母一样，能亲手做巧夺天工的羽衣霓裳。每逢小表妹回到外祖母家，就成了我大显身手的好时机，全家只有她是我能发号施令的"兵"。于是，蹒跚学步的她穿上我为她设计的服装，没几根头发的她还坚决要求扎小辫，戴发花，否则绝不出场。我只好竭尽全部本事，以求她在我的指挥下出场作秀。每当她"粉墨登场"，都能惹得满堂喝彩。于是，我作驰骋T型台的服装设计师的梦想日益膨胀。

　　上学后，美术班、书法班、电子琴班等，我都曾积极尝试，就这么虚度了几年好光阴，其他兴趣都慢慢冷却，唯有美术成绩斐然。好在父母对我的业余爱好从不干涉也从不强求，任凭自由来去。

　　由于我生就一副好嗓子，被合唱团选中，充当低音部的台柱子，从小学唱到中学。学校的合唱团得过全国大奖，并代表国家接待过日本东京女子合唱团和美国凤凰城男童合唱团，在北京音乐厅、中山音乐堂演出。在此期间，

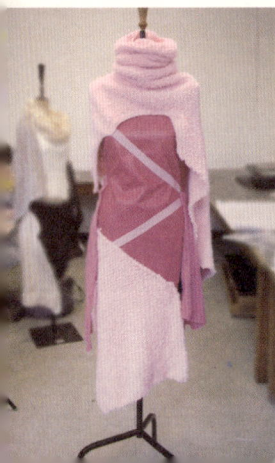

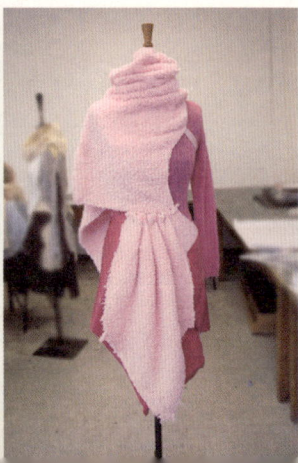

学业的沉重负担及合唱团的紧张排练，使我的美术兴趣失去了生存空间，只有在月亮升起的时候才容我想起小时的期盼、梦想。

一踏进高中的门槛，梦想便在我心中重新苏醒，我开始奔波于北京的东南西北各个角落拜师求艺，寒来暑往乐此不疲。小表妹已长大不再听任我摆布，于是，我专程跑到很远的一家模特制品商店，用自己的压岁钱挑选了一个木制模特，众目睽睽之下，顶着七月流火挤上大巴，把它请到了家。父母下班回来，看到家里横空出世一位新成员，被我的执著深深感动。自此，许多瞬间即逝的奇思妙想全靠这个无言的伙伴展现。

一个春天的早晨，我请来了在理工大学读书的表姐充当我的模特。集化妆师、发型师、设计师、摄影师于一身的我为报名参加一本时尚杂志举办的服饰设计大赛忙得不亦乐乎。我要尽量用少的服饰设计搭配出最多种的风格。经过紧张的忙碌，表姐一个文静的女生竟然也可以风情万种、仪态万方。寄出作品的那天，北京下了第一场春雨，霏霏的细雨就像我的心情，一点忧郁，一点忐忑。终于我向梦想又靠近了一步，我得到了特别奖，是最年轻设计师奖。那年我15岁。

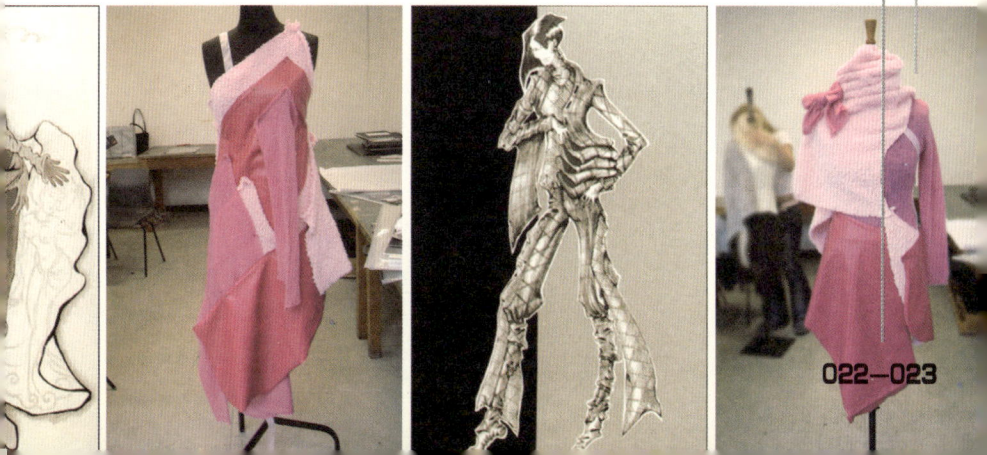

不懈地努力，让我轻松地走进理想的美术学院，与此同时又一个梦想悄悄地萌发了。这是我的幸运，到了命运转弯的地方，我可以选择。因为有选择所以才徘徊，我看不清前面的路，却隐约闻到飘来的花香。不知山高路远的小女孩，会为自己的选择后悔吗？希拉特费尔神庙门上有句名言：认识你自己。我对自己说，永远做自己，我选择了出国留学，目的地——英伦岛。那里有我的顶礼膜拜的大师：亚历山大.麦克奎恩；有威震足坛的英格兰队；有充满新鲜感和刺激的甲壳虫乐队。英伦岛处处弥漫着古老、神秘、时尚的气息。我要我的心灵自由，让我的梦想腾飞。

太阳放射着灼热。8月，我启程奔赴新大学。十几个小时后，太阳还挂在天空，我的双脚却在另一个遥远的国度匆忙赶路，在陌生的人群中徜徉，我努力向梦想靠近。

新学校位于伯明翰市中心，以其设计专业而著名。这里给一个人艺术创作上完全自由的空间，老师彬彬有礼，态度诚恳，不苟言笑，不盛气凌人。教课的先生名曰史蒂夫，本以为搞服装设计的人都应该是打扮标新立异，时时走在时尚尖端。而眼前的先生却只能用斯文来形容，先生可爱地告诉我们他要在最快的时间内努力记

住每个人的名字，因为我们大班里有60多个学生，遗憾的是已经过去4个多月，先生还是会叫错名字。

初来乍到的我，还没有完全领会到两国教育体制"巨大差异"的真谛，却已被亲爱的史蒂夫先生布置了一项艰巨的任务，作业分为两个部分：商业报告和旧衣换新颜。商业报告听起来很像是商科学生的作业，而我们要做的就是找出现在各个公司投入市场并正在售出的衬衫，把衬衫式样画下来或者用照相机拍下来，然后再标上价钱及衬衫的质地。我没有办法用照相机，因为我不想在商店里被当成是商业间谍。所以就只能拿笔和本，在逛完店之后躲在角落把记忆里衬衫的式样以及价钱等相关内容落实到纸上。人的记忆力是非常有限的，很难把每样东西都一点也不差地记录下来。为了完整真实，就必须多次往返于商店和角落之间，时间久了，守在店门口的保安就开始盯着我不放了，每到这时，我就一定要转移阵地，因为如果我再执迷不悟地坚持下去，其结果还是一名偷窃情报未果的商业间谍。总而言之，言而总之，经过我不懈努力，我冒着被缉拿的危险完成了商业报告。

而旧衣换新颜的任务又是对我的巨大考验，要求是利用旧衣服重新设计，然后要找到模特穿上被换好新颜

的衣服，并且拍摄出一组照片。在国内上学时哪会有第一项作业就要自己动手的，应该是老师讲一堆大道理，然后再讲一堆大方法，反正是轮不到自己先动手的。入乡随俗。因为自己根本没有旧衣服，认识的朋友也并非盛产旧衣服一派，所以只有求助于大大小小的二手店，驻足于二手店之中才有种百废待举的感觉，原来这里的衣服虽然便宜，但多是过时的"古董"。而且这个地方只有爷爷奶奶们才会经常光顾，和爷爷奶奶们在一起抢一件衣服实在有一些尴尬，总会有一点格格不入的感觉。但是，为了我的事业和理想这一点尴尬何足挂齿？皇天不负有心人，终于找到了我想要的东西。设计对我来说是易如反掌，我选择手工缝制整套衣服，虽然几经"磨难"，拆拆缝缝不下数十次，总算大功告成。跨过这一步，就要请模特和摄影师展示作品了。如果我要请到专业的那一定是说大话，没有专业的就开始把朋友列上"黑名单"，利用排除法一个一个地排除，历经3天筛选，模特大赛冠军名单终于揭晓，小A激动地接受了所颁予她准专业模特的奖项，准摄影师小D也答应在百忙之中抽出时间帮忙。

昨日还阳光普照的天气荡然无存，取而代之的是气温骤降和阴雨绵绵。虽然赶上这样的天气，但为了完成作业还得硬着头皮上，计划还是照常进行。等到模特换好衣服才发现天气真的是冷得可怕，原本定好的拍摄场地因路途较远只好取消，选择了附近的几条公路作为背景。在别人穿着裘皮大衣还瑟瑟发抖的冬日，模特穿着我精心缝制的"春装"在我和摄影师的指挥下摆着各种pose，有时她耐不住寒风的侵袭要求休工，我便好言相劝，许诺拍完之后立刻到hard rock请她吃一顿热腾腾的西式大餐，模特和摄影师干劲陡然倍增。拍摄顺利完成。

第一次作业就这样完成了，我如释重负。在异国他乡的我终于完成了可爱先生史蒂夫的作业，并且得到了他的赞扬，成绩单上有了一个不错的成绩。

冬天来了，无数只鸽子在街心花园的广场上漫步，每天上学，我都要经过那片广场。时间尚早，我尽情舒展着四肢，享受着冬天的太阳。这太阳刚刚跃过东方，它带着远方亲人的思念，带着亲人温情……我微笑着对太阳说：今天的天气真好。

我知道梦想离我越来越近……

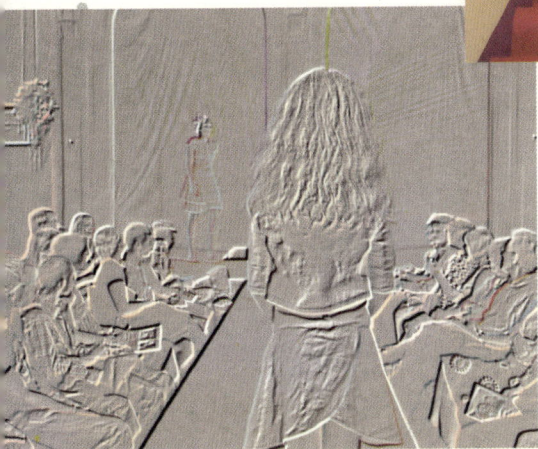

PART THREE

剑桥·英国
CAMBRIDGE , UK

保升的股票

大概在十个年头之前，"飞外"镀金这种关爱下一代的方式一下子跳跃出来。跳跃的原因固然小女竭尽所能，也未知其因，索性掠过尔尔。当然，一切事件的发生都有其必然性，千年前，百年前，数十年前，郑和先生的下西洋，唐僧师傅的西天取经，徐志摩与林徽因，总之因为所以，科学道理。

据说直至今日，每年一度的留学展仍然风采不减当年，唰多的家长大军带领或心甘或不心甘的宝贝们穿梭于每个展位前后。留学展也同样是海外学校最恰当的赚钱之机会，他们花大价钱雇用口若悬河的漂亮翻译，得到的利润将是千倍万倍之多。

成千上万家留学中介拔地而起，从国家的置之不理到从严控制，资格认定，再到国家各部委积极推出隶属于自己的中介，表面上是对人民群众的认真负责，让老百姓有信得过的中介，实质上，我想也许是如此吧。能在中介里面工作的人员们，从来是让在下甚是佩服的，猜疑都是推销或者辩论高手出身，滔滔话语不绝，全是正面忽悠，让你听了对将来有无限期待且胜券在握的感觉。他还会给你运用例证法，具体例子具体分析，比如，XX同学，通过我们公司推荐到XX学校，最后在

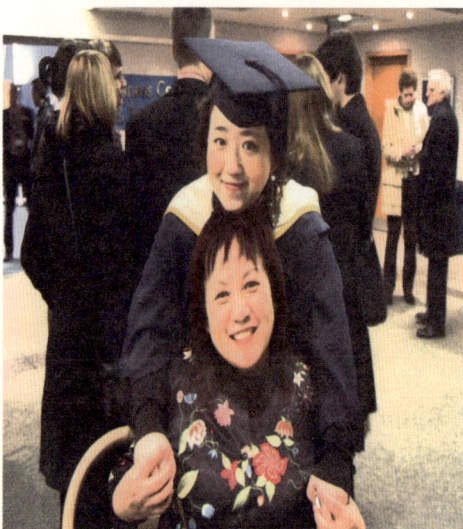

2005.学士.毕业礼

英国找到高薪工作，或者回国创业，年薪千万。意志稍微不坚定的，听过一席话，还没经过再三筛选，定是掏腰包给定金。此定金一出手基本就是泼出去的水。

环绕北京的各个地带，抬眼回头就是一个个英语训练学校硕大的广告标识，服务项目包括：热门雅思，正处于平静的托福，也许有一天你会用到的口语，义务教育早已包含的听力……包罗万象，只有你想不到的，没有人家办不到的。同样是服务大众，自己的责任就是创奇创新。相信如今训练学校各分一杯羹的状况，些微小小的侧枝旁叶打击了一下许久以前某某一统天下的壮观景象，这是想当年。20世纪末。

母亲大人自小就拥有家住北京之便利，某日为远方友朋所托，友朋奢望可以在炎炎的7月，为自己的儿子在某英语训练学校争抢到一个宝贵的座位。母亲向来为朋友两肋插刀。对若干手下又不百分百放心，所以卷起袖子自己出击。小女丝毫未察觉母亲大人正在一条怎么样的路上行走，自然未陪同前往。次日，母亲感慨万千地跟小女谈话，内容则是昨日所见所闻，说是人山人海，左挤右挤之后到达窗口，被告知只剩下走道的加座，母亲10秒钟的迟疑中，听到N多家长们声嘶力竭地高喊："我要，我要！"状况可比饥荒时期政府为民众发放粮食的场景。

最后，凭借母亲超强的公关游说能力，获得一个相当珍贵的非走道位子。当时只觉母亲夸大其词，一笑置之。

2006.硕士.毕业礼

21 世纪初，轮换到自己一人上阵，为了个人前途，直冲某英语训练学校门口。社会进步了，门口多了一些小声问你要不要位子和教材（如果你对他们置之不理，他们就会大声告诉你到里面根本毫无希望的状况）的先生、小姐们。当你成功地跨越了他们和自己心理的防线，跨越门槛的那一刹那，骤然后悔万千，也再无怀疑地相信了母亲从不讲大话的传说。时隔两年，英语训练学校火爆程度有增无减，仍然是家长们的天下。过程在此就不再一一陈述，结果圆满。

而后，朋友们为保证社会发展的平衡，参加了训练学校的新兴家庭。我在奋力打听后，为现时今日仍然停留在对训练学校取舍两难的同学们无偿提供一自己的小秘方：

画外音

首先，对自己的英语水平有个大概的评估。

1. 如果你是英语天才，即语法、阅读、听力、口语水平在一流之下、二流之上，全力推荐你去 200 人以上课堂（某些老牌，但不予以任何承诺的学校）。

2. 如果你是英语庸才，对分数没有特别的要求，只是希望越高越好。80% 推荐你去 30 人以上课堂（某些不老不新、给予分数保证的学校）。

3. 如果你是英语蠢材，扶不上墙，张不开嘴，听不明白，语法完全给回中学那个貌美如仙的英语老师。推荐你报名一个长期辅导班，从基础学起（可能老牌的经验多点，也许新星还是有保障）。学校不再那么重要，重要的是自己要上进努力。

4. 如果你是英语 X 才，即不属于其中任何一种，请致电本人，本人会热心为你服务。对你的出国留学定会有所促进，至少可以少走曲曲弯弯的路。

综上所述，"飞外"镀金及其周边产业风一路飙升，维持，维持，再飙升。总之据个人不精确计算，这支股票永远不会下跌，才不管你是不是小小的可爱股民。

2006·硕士·毕业礼

小小的风险

从朦胧的想法到确凿的脚踏实地，时间可长可短，取决于宝贝们的想法，对宝贝们将来的设计，父母亲大人对宝贝们的依赖度，家庭财产的丰厚度……

能够跨出国门的宝贝们，被大致分为几类，选择题，请大家对号入座，然后参看解析。

A：我们没有太多的时间没有办法亲自去爱你，所以用私人好伙伴——钱财来代替我们爱你。

B：我们在选择更好的方式爱你，为了更好的将来。

C：我走我的路，不用扶持。

D：其他。

解析

A．我们没有太多的时间没有办法亲自去爱你，所以用私人好伙伴——钱财来代替我们爱你

J君是很多拜金主义的理想对象，慷慷慨慨的千金小姐。因为听闻出国时家长大人们没

有给钱带过海，取而代之的是一张可无限透支的信用卡，随时随地任你刷。还听闻 J 君的家长大人是国内某省的高级首领。既是首领，随意发出几张无限金额的信用卡也就不足为奇了。极像电影里的情节，就是主人公们之间的关系由爱情转换到了亲情；老板与情人转换成了爸爸和女儿。许多人说过，事物总有两面性，也可以说 J 君的家长大人只是希望孩子可以在一个富裕的环境下成长，用财富满足宝贝的一切合理与不合理的要求；家长大人们唯一的能力就是当首领，自古以来布衣就要上供首领，首领就是首富；不愁吃穿，超越小康，而且工资基本不动。总之，可以用推理法推出的就是，J 君上辈子应该很惨淡。

然后就是 J 君乘坐的飞机一落地的第一辆全新米字旗顶棚的顶级 MINI 车，1 个月近千镑的豪华顶级公寓租房费，1 天 24 小时不停的 Gucci，Dior 名牌"血"拼，环球世界 100 天，1 周 1 次所有酒水免费的任你参加的，大肆派对放松。

这些不禁让我想起MTV频道做的一系列关于希尔顿集团美女继承人帕莉希·希尔顿（Pairs Hilton）特别节目的监制和导演的名字没太过注意，开头就是美女和她朋友买鞋子，不小心瞥了一眼，加起来一定有两个姚大侠的高度，店员运用手里的高科技红外线卫星扫描仪结账自上到下从左到右，终于在1个小时完成所有，再一不小心发现店员手腕不停颤抖。小票如流水，钞票如金山。总额就不再披露，我对天文数字是迟钝的。

如果要美女小姐做平常人，工作挣钱。千金小姐做平常人？你信我都不信。结果美貌就是世界上最吃得开的东西，男人的钱好赚也不好赚——只要你美丽不紧绷。千金小姐张开玉口，"可以借给我5个美元么？"男士们故做绅士状立刻不做犹豫地掏出50美元。

某日千金小姐好奇心骤起，对未经正式受训的马驹爱护有加，跨上马背驰骋草场。半个钟点后，千金小姐失足落马，两架直升飞机即刻到场，20个工作人员护驾离开草场。平常人大概要等上一到两个小时的急救车再说吧。此时此事已经传扬，媒体们立正站好排队等小姐出场，"探望"伤势。

回到J君的生活。接下来的数年内：中国朋友越交越多，英语说不到五个完整句子，所有考试不通过率99.9%。日复一日，年复一年，生活还是要继续。

当然，本人从不例外地想遇见阿拉丁神灯里的神，因为它可以实现我的几个小愿望。想拥有金山宝藏，取之不尽用之不绝的钞票……都说过了那些是童话，神话，返回到现实，残酷或不残酷的社会，再搞不懂是不是多劳多得的社会。

美好的生活大家都无限向往，J君或许只是想要过海来享受生活，而不是创造生活，或许她没被告知要创造生活，也不需要创造生活。J君的家长大人们也只是J君的生活来源，少了感情，多了元宝。镀金不再是镀金，更像是金度。

B是典型大大咧咧的男生，无所谓去与留，学习成绩打小就没飙升过，正所谓，烂豆腐……

但父母仍然抱有一丝希望。养儿一百岁，常忧九十九。无奈之下也想赶一回时尚。B父母所拥有的远不及J父母，辛辛苦苦工作数十年，固定的为数有限的工资，单位福利分房给的不到百平米的房屋，不是暴发户，只是平民百姓。

为了宝贝，N年前开始省吃俭用，终于盼到孩子成人，生日那天把留学申请书当作成人典礼礼物送给孩子。B没有想象中的激动与愤怒，无表情地签下申请书。踏上旅途。

8岁看老。B仍然保持自己一贯的作风，成绩依然难以启齿，越来越成熟的技能就是网络游戏。可惜，最后山穷水尽疑无路，柳暗花明没了村。两年下来，父母亲再没资金支持B，直到B改变了自己性格。B开始怨恨父母，怨恨社会，怨恨一切有钱的人们。

后来，B走上犯罪之路，从偷到抢，再也回不到之前无所谓也无恶意的B了。

好像镀金应该是要达成共识的，宝贝们和家长们拥有共同的意愿，然后付诸行动，每一个细节每一个步骤都不能缺少。镀金应该不是一种潮流（虽然它现在或多或少地扮演潮流的角色），它并不是适合广大人民群众，一味地过分追逐，赔了夫人又折兵，就算你不在乎"元宝夫人"，也还是要尽其所能去保护自己唯一的"小兵"（独生子女年代的孩子们），"夫人"可以满足"小兵"的暂时生活，没人保证一辈子，"小兵们"没有一技在身，个人观点是——前途无限或是无法预料。

B．我们在选择更好的方式爱你，为了更好的将来

Q的父母亲大人自小刻苦读书，文化知识大大的有，可惜没有遇见文殊菩萨赐予机会，只得早早投入社会。后来社会给了Q的父母亲大人很好的机遇优待，使Q的全家拥有了标准的小康生活水平。

Q自小愤恨国内教育制度，看透了制度之下的红尘。但还是在愤恨中度过了十几个年头。某年的一天，小康全家召开例会，讨论Q的未来。最后漂洋过海就成为家庭一致赞同的目标。就这样，Q满心欢喜过了海。虽然也对J羡慕不已，虽然每天只有"11"路车可以乘坐，虽然住的地方经常有硕大的蜘蛛先生小姐们拜访，虽然面对琳琅满目的商品还是囊中羞涩，虽然还有太多的虽然，Q还在幸福地努力着，为自己的将来筹备着，用双手创造生活。

然后，Q交到了N多知心的国际友人，所讲的英语从来都被肯定地认为是英国人，以优异的成绩从名牌学校毕业。毕业后，顺顺利利得到梦想中的工作，和同事老板关系好之又好。

　　中间所有的情感没变过质，父母亲大人兴奋地看到了自己的宝贝真真正正被镀上了金子，元宝也在大大超出预期价值后功成身退。

　　生活还是要继续。

　　我们在选择更好的方式爱你，为了更好的将来。

　　齐心达成的共识，对宝贝是最好的勉励，适合自己的潮流换句话说就不再是潮流，是属于自己的时尚。处于先锋位置，自然会事半功倍。

　　美好的将来是要大家一起创造的，宝贝有能力有义务去创造自己更优越的未来。

　　C. 我走我的路，不用扶持

　　AA是我们尊称阿姨的长辈，不为别的，只是因为我们这些年幼的还想凸现自己的年龄优势，所以见到一个来海外读研的同学，自然而然封给一个长辈称号。AA也算是称职的阿姨了，虽然还是单身贵族一拨，但年时已过三十。特要在此声明，本人向来对年龄全无歧视，怪只怪中国的封建礼教害死人，身不由己，辈数不得不分。

纵然被称之为阿姨，AA 却也表现得完全像孩子。或许因为她的那个年代还没有独生子女制，家里年纪最小的自然获有较多特权，上有两位大哥在家服侍老人，可谓无老一身轻。偶尔谈起家常，对 AA 小知一二，双亲八十有加，父亲却也是当年一把文人好汉，异常著名不敢说，起码我这个小文人脑子里没勾画出某个伟大文人的影子。虽无名，一般书香门第的社会地位毫无质疑的是拥有了。

AA 没有耀眼的学历在手，却拥有西方向来重视的经验和技能，况且专科与本科在西方无区别，AA 顺利地跨入研究生的门槛。

在此不得不提中国教育体制，太多学究，太多社会白痴，太多高智商低智能。归根结底，体制不注重实践，只重视分数，死读书，读死书。我大敢承认我不适合，所以我成功推出，推出之后才是阳光总在风雨后。我也明白，还有大半数人自认为特别适合，只想削尖脑袋扎到底，无言以对就干脆放弃。关于体制问题，本人之后会特别出书及列出章节来讲述，请大家注意观看，谢谢。

AA 出国费用多是靠自己之前的工作所挣，自己的钱花起来应该心安理得一点，更何况只是短短的 1 年时间。AA 成功利用了自己的社会经验及实践技能。谁都需要运气，可好运气料想又不是任何人都会得到光顾，AA 是个幸运儿啦。误闯误进了庞大

公司的门口，在完全不知状态下遇见了最大的老板，东扯西扯的获得老板赏识。工作拿下，工资可观，生活美滋滋。

我走我的路，不用扶持。

从最开始的赴洋到最后事业的成功，完全是AA自己的主意，AA足够成熟老练把自己的关。

类似的还有，出国读MBA的精英们，总之是一切拥有经验和金钱的兄弟姐妹叔叔阿姨们。

他们自信，了解自己要的东西，大半不会给国人丢脸。

D. 其他

如果你属于其他，请致电本人，情况再议。

所谓风险，是指如果你选错了对象投资，投错了对象自然就不再是保升的股票。或许刚刚开始，毫无迹象表明，所谓目的不纯，怎么又会得到稳赚不赔的股票呢？

翻来覆去，还是要学老妈那样，千叮咛万嘱咐，认认真真对待自己和家人。责任感很重要，不要为赶潮流而牺牲了自己，到头来只能被潮流淹没。

成功逃身

　　前些日子成功逃身于埋送了 3 年清纯的顶楼销售生活，虽然之前在上班时间中无意碰到失散多年的高中旧友，旧友无意中透露出顶楼是大多数在外华人的梦寐工作之地，还语重心长地言道混得不错，但终究围城还是围城，处于其中的想离开，置身之外的想涉入。

　　不得不承认的重点有些许：

　　工作环境和接触的人类会彻头彻尾地改变一个人。比如邻居 L 在一间货品为各式运动鞋的店——俗称体育用品休闲店上班，基本上客户的来源就是些成天对乔丹存有结交幻想，对耐克照单全收，说话中无意却永远带着脏字的黑人跟阿查兄弟，没有任何的鄙视意义，环境呆久了就容易稳定下来，人就不知不觉地变了：说话的言语，动作的程度，总之是举止言谈都会在无意识之中被轻易改变了。话说回来，L 言语经常就是些 yo,yo/Fxxxing ,xxx/Daxx ,xxx之类的，动作就也是跑不掉

LADIES DESIGNER DEPARTMEN
SELFRIDGES & CO.
VM:YIQIAO MENG

Hippop，差的就是脖子前重达若干斤的大金牌子；裤子永远处于臀部以下部位；上衣可以容下 4 个维多利亚·贝克汉姆；无论刮

风下雨晴天霹雳都有一帽于顶的种种。话说回来，人家的工资也没比我顶楼少到哪里去，一天也是N

多双耐克、锐步的卖着。遇到周末，店中更是人山人海，忙得不可开交，积极地对应了零售现象的正面教材。一天下来，L 还会抱怨个不停，说是忙得连个喘气的机会都没有，没喝上两口水，只吃了一个 sandwich，每当此时，我就会狠狠捏自己一下，然后郑重地回忆一番当天顶楼的状况：整个顶楼环绕着太多富裕的空气，所以喘气肯定没问题；如果坐落于角落的收纳房＋电梯间的饮水机旁边还有富余塑料杯的话，从开始上班到下班，可以每分钟都喝上一口水；一个小时的休息时间可以在员工食堂里花上 5 镑金子胡吃海塞一顿，当然也可以选择位于首层的富人饮食区，只不过这样一来预算就要至少翻倍，能够品尝到的会是路边流动餐车上味飘万里的牛肉汉堡搭配不列颠式的传统菜薯条，计算精细了，可以幸运得到一瓶高级包装的可口可乐。再不然，就是 20 镑金子来上一份由国人来服务被阿查同事称为 terrible 的印度餐，这

回可以省掉计算的过程，随餐免费赠送任意饮料一份。如果还是不能满足，还有由国人掌勺、国人服务的noodle吧，有泰国的同事阿姨赞说美味，那里周末永远是长队延绵。要换我说，也就是个可以哄骗外人的普通noodle bar。

　　Noodle Bar 的隔壁是小日本的旋转 sushi。对国人来说早已是见怪不怪了，要是放在中国大城市，程度普遍到就连 90 岁的太奶奶们都略知一二，妈妈级人物都会有事没事自己开个车去旋转寿司吃上一顿，再往下降的年龄层就不提了："现在只有我们带领潮流，没有我们跟随潮流的。"可惜，小日本们想霸占世界的假设从来没有间断过，太多玩意儿对西方人总体来说是个新鲜，不说电器、办公用品，咱们就说吃文化，依稀记得旋转寿司刚开业的时候，座位的周围永远存在着数不清的好奇的围观者，小心翼翼地拿起菜单，视线由菜单转到传送带，再由传送带转回菜单，几个来回，再经过低声细语跟同伴交换意见，终于鼓起勇气就坐于位。因为工作以及朋友们多是馋猫的原因，不得不陪同进餐，总体来说吃饱、吃好再掏腰包的时候不觉得囊中羞涩的标准在此地的寿司店是相对较难达到的。经过这些，如果还不能满足的话，

LADIES DESIGNER DEPARTMENT, SELFRIDGES & CO.
VM: YIQIAO MENG

LADIES DESIGNER DEPARTMENT, SELFRIDGES & CO.
VM:YIQIAO MENG

还有各种事物的柜台：cheese ,olive, bread, Wine。再加上新开设的豪华冰淇淋，享誉全球的Krispy Kreme 甜甜圈Pret a manger 三明治＋咖啡。这么一列，自己都吓了一跳，原来我的地盘是有很多选择的，骤然间觉得自己哪天稍不注意会得上选择困难症……

除去L还有H。

H在一家全世界连锁的赌场风风火火地干了3个多年头，刚开始时候还算稳定，一个礼拜上周末班，上班的店就在住所的隔壁。日子久了，H搬了住所，总部就开始正式任命H为流动员工。一个短信。内容包含上班的地点，时间。虽然个人感觉甚是奇怪，但似乎H却乐在其中。整天乐此不疲地讲述今天上班又碰到什么人赢了多少钱；昨天上班的店里净是有钱伯伯，发誓要把自己固定下来，因为每天都有小费拿，赌徒的素质又高……结果隔天就去了全市最差的区里的店，好不情愿地接待了一群危险恐怖分子。不知从几时开始，H开始逐渐进入赌徒行列，刚开始是有多小玩多小，具体流程图如下：

十几P——几十P——几镑——几十镑——不封顶

最近H就刚刚玩了一场惊天动地的、总值2000磅的赌注，最后也到底不知道是赢了还是输了。不下10次，H在每次赔个够本的时候都会信誓旦旦地说要从此戒赌，说赌博害人。往往下一分钟，H就不由自主地跑到马路对面的另外一家场子重新开始，如果质问他其中原因，他会大言不惭地开始长篇大论："你看看，XX店里面的人都赌，在赌场干的，没有一个不赌的……"每到这时，对他改邪归正的希望就彻底落空。

当然家家有本难念的经，对我来说，L和H的工作都不比我的差劲，最起码，他们可以拥有忙碌这二字；最起码，H在不忙的时候还可以用手机玩游戏，上网，礼拜天上班还可以有1.5倍的工资；最起码，L一天也可以卖出去几十双鞋子。而我呢，万幸之中赶上一个好日子，能不停地忙上2个小时，之后即迎来寂静无声遥遥无期的等待。遇上通情达理的高层人士，可以插空跟同事聊个小天儿，要是不幸，遇到了类似狠毒的"旧社会恶地主"，唯一剩下能干的活就是打扫、认真打扫、再认真打扫……

当然，事情的两面是永远存在的，比如我的工资是可圈可点的；我卖的货品是顶级品牌的；我的顾客非富则贵；我可以穿着时髦……总体来说，这份工作让我对付以后我要转转的圈子更加地了解，并且接触到了很多公司的高级人员，给予了我很多的经验。不仅仅限于语言能力，交际能力。或许可以这么说，我已经拥有了一个名媛所需要的任何条件。我可以第一手触摸到最新的流行趋势；对名牌商品价格了如指掌；可以成功辨别出真假货品……

故此，感谢上天给了这样的一个机会，让我可以学到太多书本上没有的课程，让我可以成功地走向世界。

金场

　　如果你对之前的选择题没有什么太大的感觉，或者再没力气深刻研究，再或者一打出生就是斩钉截铁之人，那么你可以跳过选择题，直接正式进入后备阶段。

　　镀金还是要找到金场，假如某金场是个残废破烂场，那么你虽然异常兴奋地大步迈进去，一段时间后，镀出来的金子将会在这万事以人为本的社会被大打折扣。反之，无意之中让你找到一个世上少有的金场，金子也自然会价值不菲。

　　但我敢打赌，至今还没有人成为鉴定金场的权威人士，就算有一部分高挂权威人士的幌子，在下看来也完全不会排除是些老王卖瓜的货色。当然，在金钱利益高于一切的社会，你我都早明白或者总有一天会明白。如此，所有游离在确定与不确定之间的兄弟姐妹们只能使出他们全身的看家本领，出动搜索一切皆有可能的信息。

　　小女就被这么采访了很多个来回。因为这个世界需要热心肠。

　　记者们当然会提出各种各样的问题，还比较的容易偏题（如有雷同，纯属巧合）：

记者：请问××大学怎么样？

小女：我不是评定大学的专家，所以不太好说，最好自己上网查查。专业比学校重要。

记者：网上都说好啊，可是我想要点内部消息。

小女：我真是不太清楚，不好意思啊（画外音：我又不是内部人员，怎么能给你内部消息啊？奇怪啊）。

记者：那你觉得哪所比较好啊？

小女：××大学吧。

记者：你有××大学的股份？

小女：？

记者：你干吗推荐××大学啊？你有股份吗？

小女：啊？是所好学校啊，很多名人都是在那里学出来啊（不是让我推荐吗？怎么又说是我有股份了？）。

记者：那么，88

小女：88

也许记者们想偶尔来一个黑色幽默，结果酿成了黑色毛衣。

歌手：周杰伦 专辑：十一月的萧邦

一件黑色毛衣

两个人的回忆

雨过之后更难忘记

忘记我还爱你

你不用在意

流泪也只想刚好合意

我早已经待在谷底

我知道不能再留住你

也知道不能没有孤寂

感激你让我拥有缺点的美丽

看着那白色的蜻蜓

在空中忘了前进

还能不能重新编织

脑海中起毛球的记忆
再说我爱你
可能雨也不会停
黑色毛衣
藏在那里
就让回忆永远停在那里

感受来一小段？当然要些郁闷……
实话就要实说，虽然呆在这片冷土上有多个年头了，对半个冷土也可以说是尽在掌握，可要是每个记者都这么提问的话，我也真是无能为力了。网络这东西，若你善于利用与被利用，它保证能让你一夜之间成为各行各业的专家。但站在保守派的立场，网络的参考价值多过于一切，真实价值非常之高。请待镀金备镀金者们各取所需，保持平衡态度，不屈不挠，按部就班。重点是提要，专业名气远远领先于一切。查找些许大不列颠国名气在外的媒体所出版的各类刊物（刊物名称请参阅附件）。必

信纵然是在有弧度的友人也应该沾沾自喜一下，多少会有些领悟，纵然比不了当年的令狐冲或者黄蓉。

如此，在下应该把该讲的都认真讲过了，选择有些时候就是在一念之间，所谓成功与失败也没有太精确的定义。日子飞飞地过了，再所谓真金不怕火炼，想小时候的语文老师批语：是金子总会发光！

后备

再说万事俱备只欠东风。东风终能破。

歌手：周杰伦 专辑：叶惠美

一盏离愁孤单伫立在窗口
我在门后假装你人还没走
旧地如重游月圆更寂寞
夜半清醒的烛火不忍苛责我

一壶漂泊浪迹天涯难入喉
你走之后酒暖回忆思念瘦
水向东流时间怎么偷
花开就一次成熟我却错过

谁在用琵琶弹奏一曲东风破
岁月在墙上剥落看见小时候
犹记得那年我们都还很年幼
而如今琴声幽幽我的等候你没听过

谁再用琵琶弹奏一曲东风破
枫叶将故事染色结局我看透
篱笆外的古道我牵着你走过
荒烟漫草的年头就连分手都很沉默

交通工具

远古时代的双腿

类人猿甲：不公平，为什么进化到直立行走的担子要落在我们肩上，就这一个早上，我已经摔了18跤了！

类人猿乙：听说是为了把上面的两肢腾出来打字，直立行走倒也罢了，只是非要穿上衣服就比较无耻了，我的屁股上已经被扎了好多洞了。

类人猿甲：谁让你用仙人掌做衣服，活该！

类人猿乙：开了花的仙人掌是很少见的，我只是想让自己穿得别致一点嘛……

黄帝时代的指南车

酋长夫人：哇！夫君，你的脸……怎么成那个样子了？

酋长：咳！别提了，撤军的时候在树林子里面遇到了大雾，辨不清方向，于是我坐上了指南车，不想这指南车只知道哪边是南方，却不知道躲开大树，所以一路无数次地撞到树上……

奴隶社会的人

奴隶甲：大家都是奴隶，你就不知道为我想想？

叹息桥·剑桥 大英博物馆·伦敦
BRIDGE OF SIGHS, CAMBRIDGE BQITISH MUSEUM, LONDON

奴隶乙：我怎么不为你着想了，我的心、我的人不都已经给你了吗？你还想怎么样？

奴隶甲：你也知道我是万恶的奴隶主的坐骑了，你还把他的伙食经营得那么好，把他喂得那么肥，扛着一头猪走路，是很辛苦的啊……唉，这是一包泻药，当盐巴一样地给他撒上！

封建社会（上）——牛车

候车室广播：工作人员请注意，工作人员请注意，开往邯郸方向去的跨国牛车即将进站了，进一道，进一道，工作人员请注意收集牛粪上缴。

候车室广播：各位旅客，各位旅客，开往咸阳方向的68069次牛车驾驭员突发疯牛病需要治疗，牛车延迟一个时辰出发，请大家看管好自己的铺盖和干粮，静候通知。

封建社会（下）——鲁班制造的交通工具

历史资料：巧工为母做木马车，木人御者，机关备具，载母其上，一驱不还，遂失其母。

爱丁堡·苏格兰
EDINBURGH, SCOTLAND

译文：鲁班见自己的母亲走路辛苦，于是经过一番研究和努力，为自己亲爱的母亲制造了一辆木头马拉的车，由木头人驾驶。第一次试车的时候，这辆马车拉着他的母亲跑了，再也没有回来……

清朝末年——汽车

太后：这怎么了得？那个司机竟然坐在最前面的最尊贵的位子上……

大臣：司机大人，你觉得有没有可能让太后坐得比你更前？

司机：只有一个办法……就是让太后坐在前面的发动机盖上。

大臣：啊？这样风吹日晒的，太后怎么受得了！

司机：让我想想……

若干年之后，司机从国外拉来了一辆前面带斗的那种翻斗车，把太后放了进去，并加上了一个玻璃天窗……

威尼斯·意大利
VENICE, ITALY

现代——飞机

空姐广播：因为最近全球航空燃油大幅涨价，我们飞机采用了普通拖拉机使用的柴油，但是排气系统的研发没有跟上，所以我们给大家配发了防毒面具，请大家按照座位下面的说明书佩戴……

更现代——飞船

地球电视台：地球航空科技又取得新进展，开往月球的1066路公交飞船近日开通，票价1百万元，月票有效……

怎么样都是飞洋过海，我爱裙舞飘飘。于是就开始不得不佩服前人渡船之坚决之勇敢，不知道是不是真的太爱那蓝色的海洋，飘飘洒洒漫天遍野，估计时间金钱的观念也只处于极为初级的阶段。半个月至半年，跨洋来看你。

俗话说，时代进步了。老人和家长大人们说，时代变了。你说，自己就是时代。

仍残喘在这个时代的大家，势必需要大肆挥霍庆幸之意。因为群众们再无须白白浪费生命中的每一天，"孙悟空"一个来回需要十几个小时，先生吴承恩（也许疑义，只在此地承认）只是想提前告知世人飞机的降临，后来，时代错误，世人错误，一个千年的错误就方便简单容易地被造成。然，飞机的现身还是福音。10个小时的路程，飞的路程，齐天大圣的路程。这下没有了选择本质性的问题，成功变异为怎样选择的问题。总而言之，就是健康成长在社会主义或资本主义制度下的飞行公司同行们，眼下也正在为了这片广阔肥沃厮打着，骤然回首，改革开放的春风把世界与中国紧紧地联系在一起了，所以，就会出现大似留学中介公司们所在的境界，世人都欲分杯羹。

国内的领头军：某某航空公司。

优势：人员可以用异常流利的标准普通话与你交流，关心地问，开心地说（只用于金子没赚到手的状况）。

米兰·意大利
MILAN,ITALY

弱势：（此后用于金子在我手，谁也拿不走的情况）国人所共有的特点，横竖就是这样，懒得再答理你，恨不得飞行鸟飞在半空中就把你给扔下去。

补充：虽然不能太责怪，终究要归功于产业的垄断现象。店大欺客是亘古不变之理也许不是商家的本意，但是生意做大了，最低层的同志们未免有时会狐假虎威。基本上理解。

改革开放引进的外资者：欧洲某重点国家航空公司。

优势：欧洲不愧是资本主义现行国，无论再大的公司，只要是自己能抓住的就绝对不会放手。学生，每年乘坐国际航线往返于多国之间不计其数，往返家乡的钱财无论说什么都不能再囊中羞涩。但实话是，买的一定不如卖的精。

弱势：表面上看起来让人垂涎欲滴的便宜价钱，等到真正下定决心把银子拍在桌子上的时候，那些中介的中方服务人员会给你一个非常不耐烦的嘴脸："xx 月 xx 号没有座位了，你要走的那天就剩下贵的票了，要不然就是你晚点走，早点回来，再要不然你就……"几经周折，如果幸运的话，是完全可以成功过五关斩六将获得便宜又实惠的，如果不幸运，将会是赔了夫人又折兵（夫人特指口袋里的银子；兵就被视为宝贵的时间）。

补充：航空公司本身没有什么可挑剔的，只是永远只能通过中介来预定是个很麻烦的过程。飞行时间也都是相差甚微。

所以不难看出当下形势已经趋于开朗，不过最终还是一道留给自己的选择题，怎么择选还是取决于当事人。

功成飞越彼岸，接下来要准备迎接的就是另外一场新的挑战，衣食住行，样样不可少。

衣

据小女可靠的分析，82％的女生有恋衣＋恋包＋恋鞋情结，19％女生有恋帅哥情结，47％的男生有恋鞋情结，99％的男生有恋美眉情结，48％的男生＋女生有自恋情结……

如果大家对以上所列的数据有所怀疑，女生们请参看自己的衣橱、鞋柜以及电脑上所储存的男性明星的资料及玉照；男生们请环视个人房间的陈设以及同样电脑上所储存的女性明星的玉照。当然某些情节不能在第一次飞越的时候就完全满足，所以总体来讲，以少为精，以实为准（以下必备皆为小康家庭适用）。

LADIES DESIGNER DEPARTMENT,
SELFRIDGES & CO.
VM：YIQIAO MENG

必备：

——防雨风衣一件

虽然不列颠是传说中出了名的雾都，但实际上却是雨都。一年四季三季都处于或者半处于雨季状态，瓢泼盆倾的，连绵不断的，太阳当头的，阴沉郁闷的，冰块伴随的……雨伞太多的时候变成了装饰物，如在大风骤起的状况下，不论三七二十一，多美的发型都要回家重新造型。

——舒适休闲鞋一双

一双舒适的鞋子可以带你走万里路，这个就不用多作解释了。

——LEGGINGS（只适用于女生）

薄的厚的最好都准备。薄的用途会比较多，换季的时候是最合适的选择。厚的适用于这两年骤然开始变冷的冬天。

——温暖牌大衣一件

由于全球变暖以及季节混乱的缘故，伊始冬天不寒的不列颠如今也步入日常温度零下的行列了。一年中间会有若干寒风凛冽的天气，以备不时之需，请各位慎重考虑。

——白色／黑色衬衫＋黑色皮鞋＋正装一套

这个是为准备找工作的人士提供的，大多数的餐饮业没有制服，所以都要求员工穿着黑色或白色衬衫＋黑色皮鞋。

正装是为面试准备，虽然不用任何面试都西装打领的，不过根据个人经验，穿着正式的面试者会给人对工作认真负责的印象。

加分：

——重要场合着装

这是道加分题，可以略过不计。

其实很多场合的

巴黎·法国
PARIS, FRANCE

着装都有不同的，正式的Ball你就不能穿着Night Wear去，一定要Formal，不能休闲。当然，这里就会出现文化的不同，所以很难解释什么样的服装才是Formal，请各位自行上网搜索。

——其他

根据个人喜好来决定剩下的衣橱空间挂什么。

食

太多时候，你要是去问一个海游他最怀念的是什么，78％的人会回答国内的饭菜。99％放假回国第一件事情就是豪爽地大吃一顿，接下来第二顿，第三顿……事实证明，凡是回国的同学们体重平均增长5％～10％。

一样的菜，运用不同的炊具，不同的油，不同的水，做出来的成品都会有差别。当然，商家不会放弃任何的商机。追溯到百年前，老话说，有人的地方就有中国人，就有中餐馆。故当你忍无可忍的时候，花上点银子，应该可以多多少少地释放一下思乡的情绪。不得不承认，金钱在78％的时候是可以买得开心以及幸福的。

国人多了，国人对物质的要求也自然增长。顺理成章地有了国人专属的超市，书店，饼店以及娱乐场所。超市里面大众物品一应俱全，从锅碗瓢盆，特制医药，到生猛海鲜，速冻食品，闲暇小吃。大家各取所需。也要

在此声明，请各位家长和同学们不要再使劲地往旅行箱里面塞方便面了，因为方便面这种方便食品可以非常容易地购买到，价钱也不是相差得离谱。假如不是对食物有异常要求的朋友们，吃的东西能减就减吧。

住

古往今来，住都是件大事。

99％的大学都会给学生们提供学校宿舍，地理位置普遍来讲都极佳，比如在同一校区，以至于可以充分享受一觉睡到上课的优势。然而，又是金钱能购买时间，方便的算术选择题。如果毅然决然地放弃前者，出外租房也是个不错的选择，可以省下一笔开销。现今国人之间的房产事业早已豁然开朗，有各种国人的BBS提供租房消息。大多数是学生们之间的互动，偶尔也会出现一些不知所谓的黑房东或者见不得光的房客，诚心规劝同学们如果有预兆，请不要留恋地转身就离开，国人有的时候是可悲的，最后变成为国人骗国人，国人诈国人。如此，认真考虑住房所处的地理位置，交通，购物是否方便，再有就是多多观察住房所位于的小区。黑人区无论怎么方便，房子怎么样的性价比合适，房客怎么样的和蔼可亲，基于自身安全的角度来讲，深切希望各位考虑放弃。阿查区的安全度相比黑人区略微有上升，白人区房屋价钱偏高……

在当地，还会有一定数量的房屋中介。一般情况下，中介更加愿意面向4人以上的团体，他们拥有的是整栋房子，一幢房子出手，什么都有。中介只收一定数量的中介费，大概100镑左右。对中介，任何人都可以提出自己的要求，比如：交通要方便，购物要方便，要在安全的区域之类的。

行

住房安顿行动完成之后，接下来要面对的就是行。

相比欧洲其他国家，不列颠的公共交通还算比较方便，同时学生还能拥有越来越少的优惠程度。大伦敦区主要是依赖地下铁，其他多数城市主要公共交通工具为汽车。学生可以购买公车季节性车卡，当然需要出示学校的有关文件以及学生卡。

火车为穿梭于各个城市之间的主要交通工具，25岁以下或者在校的学生可以购买 Young person card，只需交纳20镑的年费，就可以拥有大多数路程30％的优惠价钱。乘坐火车还是相对舒适以及快捷的旅行方式，就像国内现在大兴长途汽车一样，不列颠的 Coach 服务也是方便而且省钱。本人在几经折腾后，终于放弃对coach的希望。一切都源于金钱、金钱、金钱……

爱丁堡·夜晚
Edinburgh Scotland

维多利亚广场伯明翰
BIRMINGHAM · UK

PART FOUR

牛津·英国
OXFORD, UK

网络日记

抓抓

抓抓到家转眼就有5个多月了，按照古人的话说，这是我们之间的缘分。开车跑了那么多地方，打了那么多电话，最后发现它就在灯火阑珊处等着我，虽然有点黑，虽然我必须要把它从它的朋友身边带走，不过我相信，日子久了它会明白的。话说回来，日子也算是久了，花了一个月的时间训练它自己上厕所，两个礼拜让

抓抓，2个月

它能够分清楚哪个是饭盆，哪个是便盆，在半个月内让它熟悉自己的名字，学会呼之则来挥之则去，再一周，让它明白没完没了地磕墙脚是件错误的事情……总之，5个月下来，抓抓已经基本让我训练成为兔子宠物界的贵族了，纵然有些时候还需要不断地叮咛嘱咐。

前段日子还问了航空公司，是不是可以把抓抓空运回国，因为要是暑假没人照顾，抓抓就会……不要乱想，是会很脏而已。

3 月 19 日

不是愚人节的日记

今天晚上大部分地区有时下人民币有时下港币，东南方向可能有美金，局部地区甚至有金块！金融气象部门提醒你：头戴钢盔，手提麻袋，准备发财！

3月18日

问题

relationship 中一个永远没有正确答案的问题，有了第三者，relationship 还可不可以，值不值得坚持下去。

有很多种原因可以导致 relationship 出现第三者：

或者地域之间距离的问题，

或者不能抵挡住诱惑的问题，

再或者厌倦了的问题。

总之，人总是自私的动物，并无冒犯，但又不得不说的尤其是男生。会有可怜的侥幸心理，也许也是像国人对赌博行业尤其热衷的本性，50% 会赢，50% 不会赢，但永远抵挡不住可能会赢的诱惑……

最近更是多倍的事实证明了我拥有许久的对男生的看法，自私的动物，为什么就不能满足自己已经拥有的东西，好像还要不情愿地逢场作戏。

作为女生，会被人要求理解男人逢场作戏的筹码，很可悲，很可怜……

说到底，想搞清楚到底是谁的错，男生？女生？第三者？

哈哈哈哈

去想吧！！！

2月16日

过年······

年前：

翻箱倒柜地把之前的年货找出来，才发现原来存货远远不及预计······新的一年还是要有足够的气氛，和我的helper（主要是我自己，helper就负责执行任务）左思右想给它们找到合适的栖身之地。helper曾经深度怀疑装饰新年和圣诞节的必要性，结果换来的就是三天饿肚子。不过话说回来，这个好像是跟本性有关系，一个定义：浪漫或者非浪漫。

女生大概都会

市中心·伯明翰·英格兰

喜欢做这类事情，只不过有些中途放弃，有些坚持到底。不幸的是，我是后者。原因一，看了太多港台片；原因二，出生家庭背景关系；原因三，俗话好像说，搞艺术的人比较浪漫；其他原因不再一一列举，欲知更多详情请留言。

年三十：

在班上表现得异常兴奋。之前对member of staff performing chinese songs感觉非常搞笑，差点就去找经理说，对中国的节日不够重视，圣诞节的时候请的是乐团，情人节请的是DJ，怎么到了春节就成了member of staff了？？？？marketing这回可是省钱省得爽了……总而言之，member staff倒是不遗余力地唱了整整6个小时，尽管没有太多的掌声，歌曲都是80年代后期的，不过总算可以听到熟悉的老掉牙的音乐。

没去唱歌，因为到处都是人。没去pub，因为老友们都没有ID。在家打了卫生麻将。不爽了一个晚上。

年初一：

好不容易得到一个礼拜天不用上班班。中国城的节目虽然没什么兴趣，但也是多年没赶上过一次。然后发现，舞狮的都是外国人，所有的中餐馆都得等2个小时，想买个蛋糕被人打消掉念头，不爽的离开群体自己一个人过……没什么太好的回忆，一年的开始大概就是这样。

2006年8月6日

新的志愿，新的我。

如果对另外一个人有种似有似无的感觉，但是时间地点都不对，我在想，当初如果不留恋这里，多点时间和另外一个人相处，今天的我们或许就不再一样。说句实在的，现在说什么都晚了，当初没有好好把握，事到如今，错过就错过，还剩下那句是你的怎么也跑不了，不是你的怎么也求不来，只能这么安慰自己了。

不过，这也让我明白了另外一个事实，想要

的东西要尽力争取，错过了就没有了。 呆在英国这种懒人的国家，自己也变懒了。不再准许自己懒惰下去，努力争取自己想要的生活。

4 月 30 日

2 months and its price……

很久没有写东西了，因为最近都在烦，麻烦，麻烦。

那天做梦，梦见以前的同学了，忽然觉得现在的生活无聊透了。人生苦短吧，我也许应该选择我想要的生活了，而不是选择舒适的生活（在此多谢 CK 同学）。

苏格兰的行走，让我多了点对它的喜欢。或许是因为那里还没有太多的阿查和黑人吧，呵呵呵，很适合生活的地方。

1 月 20 日

可怜的我们跟可怕的 hotel 们……

成千上万的 hotel 们，一到真正要用到的时候就没了，关键时刻掉链子，实在是很那个。郁闷！

半夜睡不着，上网跟国内的同学们聊了一段时间，

曼彻斯特.英国
MANCHERSTER.UK

果然心里舒服了很多，发现朋友才是最大的财富，在半夜商店不会开门的时候，就只有找朋友了。

1月19日

选择题

A．I have to finish work before I can play

B．I can play any time I want

看看自己是哪种类型，估计不一定，我就是中间的那型，先要做一点，觉得差不多了就开始玩。不过我可是认识很多人可以随时随地尽情玩耍。

有时候也就是偶尔伤感一下，过了也就没什么大事了。

谢谢黑狐狸同学的"处男"留言。非常高兴你能前来参观！

感谢一直默默支持我的鹏鹏同志，名字老变的同志。

同时还要感谢的有：

vivi,姜姜，CK，想睡的天空……

1月18日

今天的日子

生命中应该会有很多不能让人忘记的日子，他的生日、她的生日和所有特别人的日子。

再或许我已经被遗忘了，虽然曾经幸运地以为我永远也不会被忘记。

苦涩地笑一个，愿我自己能够得到我想要的人生。

1 月 17 日

平凡之……我们

朋友带给了我一个希望，一个好像让我遇到黑马王子的希望，实在可惜却是事实其实才不是那么如你所愿。所能被公认为优质的，要不就是高不可攀，要不就是心有所属，再不然就是世界不同。总之，我对世界是早就没有信心了，更确切地说是对世界上的男性们。

还有说什么缘分不缘分的，不了解。罢。

其实看到了别人，才能真正发掘自己的平凡，如果没有较早的发誓，我想大概太多的人都活在平凡之中，有的时候，不知道平凡与非凡究竟哪个更适合自己，更适合别人。非凡也毕竟不是每个人都能做到的事情，特定的人群，特定的命运。谢谢。

1 月 11 日

日子还要这么过下去。

新的学期开始，group project 时间紧迫。工作要重新开始，placement 还没啥着落。收到太多节日礼物。重新布置了我可爱的屋子，好像大了很多。

日子还是要这么过下去，虽然可能会乱七八糟，昏天黑地的。

1 月 6 日

某年某月某日……

据某位伟大友人说，在我的影响或者他周围所有人的影响下，正式地

发动了自己文学方面的天才，开始在space上写东西了。其实个人非常偏好专心研读大家的心血，虽然身在远方，却仍然拥有着一颗关心大家的心……友人始终是友人，再过更多年也不会改变，友人做出了很多让我感动的事情，纵然是一些极其细微的小事情，我都会记住。谢谢你，蔡同志。

对将来的事情还是一无所知，不过我相信，有朋友在身边是我最大的安慰。

姜姜，我知道我错了，只是因为时间太仓促，电话又被我搞得乱七八糟。我答应你，下次一定第一个通知你。因为你还是我最爱的。

2005 年 12 月 27 日

社会

这些日子的晕头转向让我不得不搞明白一个事实，我还是喜欢当学生。当然，学生时代总会是成为过去时的，唯一的不同就是你想让它在何时成为过去时。也许我对自己有些许的不负责任，因为没有及时地投入到血雨腥风的社会大家庭。

社会大家庭的的确确培养了一大批人才。只不过其中一些培养成为了歪才：卖身求荣，恬不知耻……在此就不一一列举。估计大家都会略知一二。

12月20日

永远之大不同

圣诞节的夜，才没有什么不一样。就算是不同的天空……

放弃了很久的文字先生，也许是时候在此重拾，又发现文字和朋友一样，日子隔得久了都会变得陌生。

还有，花了血本购下所有的paul smith，滴血哦。

11月11日

可怕的天气，怎么有这么多可以抱怨的啊。

还有不到一个月的时候，就到12月了，呵呵，其实也没什么特别的啦。不知道今年的12月又会有什么不同。

早上又是第一时间冲到H&M，发现我果然有商业的头脑，就料定了他们会有更多的东西。因为决定了对H&M做调查，所以买了很多件为了presentation可以展示用。哈哈哈，终于可以有东西让我做了，再也不理paul smith恶心的公司，都没有任何的资料。

英国的女人果然都是些疯子，好像就跟不要钱似的，天哪。

10月19日

天气啊，心情啊，天底下的笨蛋啊。

真的是不能理解天底下的笨蛋，为什么就真的会那么笨呢？脑袋瓜子不灵光的家伙啊，那就不要学人家追求女孩子么。省得到了最后，把事情搞得乱七八糟。

还是算了，我才懒得管人家的闲事，我自己的事情都还是一团糟呢。

妈妈，不要担心我啦，我就是随便唠叨一下啊。

10 月 13 日

这下好了，本来以为所有可以相信的人都不能再相信了。估计是自己过于天真，还以为全世界都是些好人……

算了吧，就当是多了个教训，告诉大家以后再也别轻易相信别人了。古话说得好，没有付出就没有期望么。

天底下的笨蛋们啊，快点醒悟吧。

还是那句话

Trust is like virginity only can be loose once a life.

10 月 11 日

魔鬼的天气……

看了半天也搞不懂的课堂作业，无奈求助于高出一级的领导人物。得出的结果却也还是模糊一片。神哪，救救俺吧。

费了老鼻子劲把身边现有的鞋子大人们一一请出山，不多也还不少，全家福自然是少不了。跟大家好好秀秀？希望得到大家的谅解，我，我，我可不是老土哦。

隔壁的姐姐每天总爱把自己做的菜菜照下来，奇怪地说还真是个 xx。 后来被告知要放置于 msn space 上面以示于人，骤然发觉自己还要晃荡得脱了节。

其实才不是我脱了节，世界变化太快。唱歌的人现在才真是脱了节。

妈妈就快变成姥姥，姥姥还是姥姥。私人的问题暂时不公开，如果为个人兴趣，将另案处理。

10月10日

"Trust is like virginity only can be loose once a life."

"Dont say I'm old fashion，I'm was buz."

My 1st ever blog.

With the launch of new channel from 4：More Four.

With 1st time notice others space.

With 1st time let the unknown furniture designer down.

With the 1st day of a friend's New job.

With the 1st time begin to wonder if mum has gone too far this time.

There are still lots goin on.

Fresh start of a whole thing，a whole life.

色

单调色彩的时代渐渐远去，世界本来就是多彩的。憧憬未来，随着年轻一代追求色彩、追求个性的趋势，红色、黄色、蓝色等主调色彩将在服装领域大行其道，将会更加变幻无穷、创意无限、丰富而饱满、热情而奔放、含蓄而沉稳、色彩将演绎着情感、吐露着心声、展示着神秘莫测的服饰文化。因此，尝试运用多种色彩，摒弃传统的搭配，以逆向思维的方式打造充满颜色和张扬个性的服装，相信所赢得的不仅是羡慕的目光、赞叹的语言，穿着上"色"服装，街头视线的焦点锁定你，服饰王国之星属于你。色将在服装领域一展身手，色是服装的永恒主题，永不过期的流行……

"色"的市场营销企划书

现今服装市场的流行趋势大多是继日本、韩国之后，由欧美流入中国的。事实上，日本和韩国的设计师也是将欧美的流行元素吸纳并本土化，使其更加生机勃勃。作为世界服装趋势发布地的欧洲，同样可以直接带给我们更新鲜、更流行、更吸引人的信息。

作者现就读于英国的

艺术设计学院，广泛涉猎、学习和研究了欧美一些设计大师的作品，并到一些服装公司实习；作了大量的市场和社会调查，在图书馆查阅了资料，参观了一些著名的博物馆及展览，发现东西方的观念、文化等方面的巨大差异，但追求美好的生活与服饰、追求时尚与品位是人类的共同点。

"色"是作者综合东西方美丽的花色及式样，以自己同样年轻、追求时尚的心与智慧，献给年轻、充满活力、向往与众不同的女生们的礼物。

不难发现，目前国内大型商场的服装柜台，十分缺少价格适中，又有完美设计的服装。所谓价格是对14岁至22岁这部分并没有完全的个人经济能力，但又迫切需要时尚的青少年来说。据调查，目前市场上几乎不存在为这一特定消费层所生产销售的品牌。国内各大服装公司多为成年人及少量婴幼儿、儿童的品牌，极少有以青少年为销售主体的品牌，若有其价格也是非常之高。因此，青少年消费者除了在校穿着一些设计呆板、缺乏活力的校服外，几乎是身着千篇一律的运动装参加一些社会活动，甚至参加生日聚会等一些喜庆活动。或以自己有限的鉴赏力各行其是，穿得不伦不类。

这极具消费潜力的群体被分离到品牌销售之外，而流向于一些非品牌的杂牌服装，多数是一些模仿日、韩的甚至是淘汰的过时的服装。青少年消费者的穿衣选择不会苛刻和繁琐，他们的思维

是十分活泼、跳跃的，其最基本的要求是与众不同，标新立异，体现个性，有超前意识。街头上本应充满无限生机和活力的青少年，却穿不上设计师专门为他们打夺定造的令人眼前一亮的服装，不能不说是一种遗憾。

"色"没有太多选用高档面料，选用的主要面料以棉布为主，适当用一些丝绸配以装饰，由此大大降低了成本。其特别注重色彩的搭配和款式的新颖，力图打破传统观念，有的较为生活化、运动化，

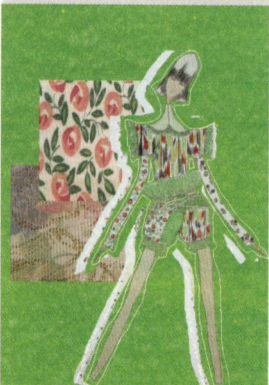

适宜青少年节假日外出逛街、购物、游玩等；有的则较为夸张，充满张扬的个性，不拘一格，适宜其他各种活跃的聚会等活动。

"色"的设计者本身是这个年龄段的青少年，十分了解他们的购买能力和需求心理，追求设计新颖、品味高雅、价位适中，相信"色"会受到小女生们的欢迎。"色"的推出可给办公室服装、校服、运动装的一统天下注入多姿多彩的活力，引导重个性、重色彩、重品位的潮流。

"色"的市场推出可借用大量媒体宣传。

例如：已在青少年读者中有较大影响的《瑞丽可爱先锋》,《时尚娇点》等时尚类杂志；与此同时，可在一些电视的时尚类节目中进行板块宣传；青少年节目里做一些专题及为其主持人提供服装展示，扩大影响；以对当前影视歌体等领域的年轻的偶像明星进行服装造型方面的赞助等。当然，最主要的是"色"凭借构思、创意、价位及准确的市场定位，必能在青少年中打出一片天地，占领市场一隅。

蔫巴

"蔫巴"是我们家的"编外成员"。因刚来时又小又蔫，且来自遥远的农村，便赐给它这么个土里土气的名儿。据说土名好养，亦为叫着方便。邻家养宠，雌的叫伊丽莎白，雄的叫拿破仑，顶不济的一只丑陋的小京巴，却叫了个让人闻风丧胆且气壮山河的名字——佐罗。对"蔫巴"本未寄予厚望，谁叫它出身平贱，全无高贵血统，是只普通的小白兔。有一大号已待它不薄。

"蔫巴"初到，被安顿在卫生间的浴盆里，一只鞋盒是其栖息之处。浴盆、鞋盒与它同为白色，它若不动，得在浴盆里找半天。谁知它不甘寂寞，只要有人进卫生间，它便急不可耐地跳出鞋盒，拼命向上攀爬，每每徒劳，却乐此不疲。

"蔫巴"长大，浴盆很快不能限制它的行动，便把它的家转移到阳台上，至此，"蔫巴"的地位也日益提高。它的小家是我们大家里面阳光最明媚的一间"居室"，且"独门独院"，并悬挂着很漂亮的窗帘。"蔫巴"贪心不足，日益扩张它的地盘。只要有人在隔壁房间，它便拼命挠门，以引起你的注意，你若开门让它进来还好；如若不理会，它便上蹿下跳，以示不满。"蔫巴"一进房门，南瞅北瞧，东奔西跑，每间房子都要视察一番，"蔫巴"最喜欢的房间是本小姐的闺房，里面铺满碧绿的地毯，它定以为是草地，便在上面尽情撒欢，我大声呵斥，它却充耳不闻，依然我行我素。

"蔫巴"所以受宠，是因为它能够懂得"环保"，从不随地大小便。这亦是它长大之后未被遣送回原籍的重要原因之一。

开始，"蔫巴"深知自由来之不易，放它出来容易，想让它回去却难上加难。每次都是全家动员，绞尽脑汁，围追堵截，才能把它赶回自己的家。最可恨的一次是它钻进衣柜的后面不肯出来，害得我们耽误了朋友的约会。于是，我们下决心改变它的不良习惯。每日晨起，先"放风"，让它跑步锻炼，它跟随你在房间里走来走去，此时只需叫一声"蔫巴回家"，它便乖乖地跟着你回它自己的家。偶尔，它也会跑到你的前面，但马上会停下等你，它是怕上当受骗。随着时间的推移"蔫巴"的聪明才智越发显露无遗。进了它家后，把准备好的食品给它，它只顾尽情享用，并不理会你的去留。时至今日，不管它身在何地，只要一声呼唤，它便会冲你飞奔而来，没有片刻怠慢。在它听来，"蔫巴回家"即预示着一顿丰盛大餐，傻瓜才不招之即来呢。

"蔫巴"放风时间多在早、晚餐的时间，只有此时我们才有闲暇。不知从何时，它便围绕餐桌，不离左右，还立起身子向你讨食，如不理睬，它会得寸进尺，趴到你腿上要赖。有时还会伸出舌头舔你，竭尽讨好之能事，直到达到目的为止。

"蔫巴"深知讨食不易，一有机会，便会绞尽脑汁"自力更生"。餐桌下有一茶几，放些零食小吃，久而久之，被"蔫巴"发现，经常伺机窥测探寻。终于，在一天，趁人不备，叼起一袋饼干直奔它的老巢。结果，欲速则不达，慌乱之中把饼干撒了一地，到家时只剩下空口袋。待它发现自己的重大错误，掉头回来时，已被我们发现。于是，那袋刚开口的饼干只好作为它的特供，只是由我们适时发放，免得它一下吃个精光。可谓傻有傻福。

"蔫巴"真是只可爱的精灵，愿它健康成长，给我们带来了很多的欢乐。

（原载《北京青年报》）

PART FIVE

SELFRIDGES,伯明翰
SELFRIDGES,BIRMINGHAM

温柔可爱派
李小璐

风雅派
郝蕾

狂爱细节派
胡可

季节再次转变，新的流行即将登场。丰富的色彩色彩、多边的款式、精致的细节，《瑞丽》都为你捕捉，在美丽明星的带领下，感受新一季的时尚。

和美丽相约
畅游秋季流行

都是色彩惹的祸
李小璐

色彩在今年变得低调，依然可以穿出活泼可爱的感觉

PROFILE

艳丽的红色、刺绣和亮片，
酷就是这么简单

细节设计打造挑剔女孩
胡可

应用亮片、刺绣、蕾丝等
细节来设计清新自然的自己

诠释异国风情
郝蕾

特色的民俗图案和
谐的……在秋天到来时让
自己更加多变

在绿的世界里，
舞动黑的魅力！

郝蕾推荐：

希希女学生
浪漫东瀛风

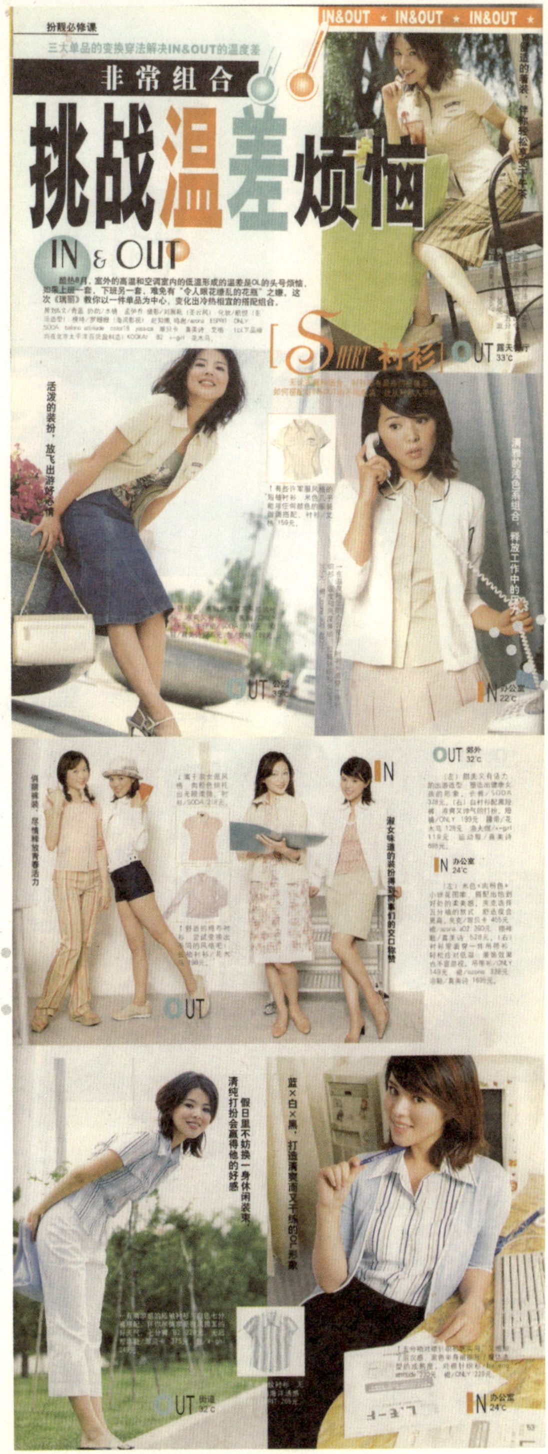

在PARTY上女孩们都希望以
出色的装扮吸引众人的目光

一（左）格子直条衬衫非常漂亮一件
粉色针织衫， 时尚设计显白里透红感觉。 衬衫/SODA 218元。
针织衫/anna 250元
（右）米色+军绿， 彩条格的
组合， 时尚针织/anna 258元
裙/ESPRIT 376元

[CASUAL CLOTHES 休闲款服装

户外烧烤是夏天最有趣的活动

米色的淡雅显老气， 靓丽的背心和裙子可以提
升时尚度， 简单舒适显身气量/艾格 299元。 裙/SODA
298元。

洗练腰带是今年流行的饰品， 选择一款适合自己
的腰带， 你调配调整身材比例。 裙/SODA 278元 腰
带/ONLY 189元。 包/艾格 189元 无后帮凉鞋/真美
诗 450元。

不用工作的日子，
享受完全放松的好时光

i 想尝试性感
的女孩， 这件
式一定要选有
背吊带裤/SODA
158元。

参加新片的拍摄， 化妆可
不能有丝毫马虎

热辣的露背衫和短裤， 有缀带的点缀更亮丽，
夏日出游时， 随意露的装束无拘束。 短裤/ONLY
189元。 缀带/WEEKEND 14元。 包/v-girl 219元。

绿色夹克， 后背和袖子大面积镶拼蕾丝。 夏天
穿着也不会闷热。 全系棉性和功能性一举两得。 夹
克/jessica 919元。 裙/ESPRIT 295元。

活力四射

2 保湿篇

3 防晒篇

4 舒缓篇

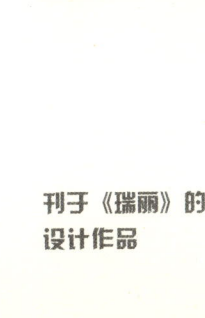

刊于《瑞丽》的
设计作品

雪

打开日记

翻阅尘封的岁月

过去的点点滴滴浮现在脑海

开心地笑

伤心地哭

所有的一切都在里面

忽然

窗外飘起雪

走到窗前

望着洁白的雪花

仿佛一切都融化在雪里

我推开窗户

将手伸出窗外

去迎接那纯净的精灵

接到了

终于接到了洁白的雪花

她轻舞飞扬落在我手心

有种从未感受的清凉

鱼

清澈的河水

就像我的心境

没有一丝混浊

河中偶尔会游过几条鱼

荡来荡去

你

就像那鱼儿

只是水中的一个过客

河水终究会流入大海

而我心最终的栖息地

也许就在那片汪洋大海中

窗外

窗外

春雨不停地下着

屋内

钟儿不停地响着

我的心

依然如平静的海

直到雨停了

钟儿不响了

才发现

自己原来是那么渺小

走出自己的世界

看看外面的天空

原来

天那么蓝

云那么白

草那么绿

花那么红

蓝宣

天

一望无际

海

纵览无遗

海天相连

犹如一张蓝色的纸

我

深爱着蓝色

正如那片蓝色的海

没有一丝皱痕

可转眼间

风起云涌

相连的海天

不再是从前的颜色

于是

那张蓝色的宣纸伤痕累累

我渴望

渴望重新见到那张蓝色的宣纸

没有一丝皱痕

不知能否

如愿以偿

钟 爱

淡淡的灯光

把屋子照得很亮

那张放置已久的照片

人影已模糊不清

只看清那紫色的连衣裙

依然如新

她钟爱那

朦胧高贵的颜色

窗外有一树

紫色的丁香

虽然是淡淡清香

却沁人心脾

幽雅地

远传千里

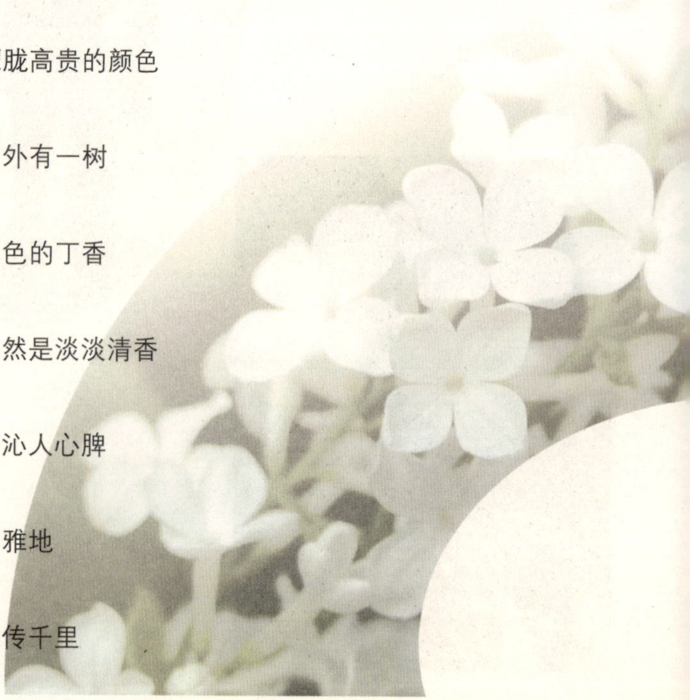

剑桥 · 英国
CAMBRIDGE, UK

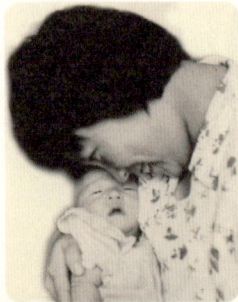

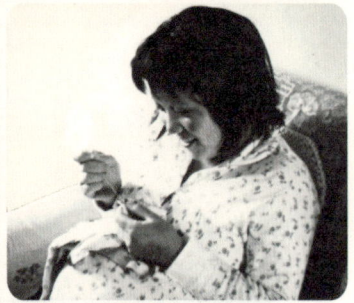

PART SIX

不想长大

翻开相册

儿时的照片展现在眼前

我怀念儿时

怀念那无忧无虑的日子

但

现实是残酷的

每个人都要长大

固然

时间不能倒转

不能让我回到从前

说真的

我依然

不想长大

点击爱

按键点击

爱情正在开始

彼此

都忙着接受

却忘记

爱情

需要付出

一起走过的那个春天

早已预示了今天

只是你我心里

都刻了烙印

多期望

再相遇

不必言语

不想

缘分至此完结

也许

不敢承认

以为

还是从前深爱的你

不必言语

或许看出你

冷漠中的眼神

所以

没办法改变

答应我

永远不再触碰

那脆弱的心灵

彷徨

风瑟雨蒙

心已冰封

不想

深陷于未知的情感中

为爱等待

雨后

你出现在面前

说彩虹将会出现

冰冷的心渐渐融化

开始面对一切

谢谢你

使我不再

为爱彷徨

烛

烛光里

你的双眸

闪动着无辜的眼神

今天想起

竟然依旧清晰

只能深埋在心底

因为

你已走向远方

只留下我在傍晚的公园

独自哭泣

该如何迈出迟疑的步履

走出过去

虽然

那种眼神

再也看不到

虽然

我们已隔山跨海

只希望

点燃那支被风干的蜡烛

烛光再现于

漆黑的夜里

心锁

很久以前

拿走开启我心锁的钥匙

去开启新的锁

但你不明白

这把钥匙只能开一把锁

昨天

你说你明白了

重新拾起那把钥匙

但你再也打不开

因为

原来的锁已被丢弃

而钥匙

我不会再交给任何人

收获

枯黄的叶子

在天空中舞着

秋风吹过

感到一丝寒意

四季中唯有秋与众不同

四季中唯有秋令人陶醉

我深爱着秋

天高云淡的

收获季节

遗憾的是秋天的你

还未成熟

不知要等多久

才可以明白

我的心情

现实都市

喧闹的都市

没有我独处的角落

只有在家中放任自己

梦中

放弃现在回到从前

不会犹豫

更不懂彷徨

忽然猫儿在耳边倾诉

从梦中醒来

现实是多么残酷

依旧

只是告诉自己

别再犹豫

别再彷徨

融冰

漫步回家

打开冰箱

看见

你送我的冰雕

看到

刻在冰雕上的字

是那么清晰透彻

完好无损

但我忘了

你已经

fly away

你走的那天

冰雕就在记忆中融化了

我记得

是你

每次努力挽救冰雕

我是多么想说

don't go

但终于没能开口

你还是离开了

留下的

只是

曾经的刻骨铭心

答 案

没有记忆的开始

走过了很长的路途

一路上

沉默寡言

你好像不会发现

也听不到刺耳的嬉笑声

泪痕还未被风吹干

眼眶又被润湿

可惜自己不懂坚强

不敢忘记花落时的悲哀

从不曾奢求什么

看到你的眼神

让人觉得心痛

不存在的流言

让你变得残忍

一切无需掩饰

我找到了答案

你别不想承认

你真的只爱自己

诺言

许下三个月的诺言

三天就被忘记

说不再提起你

却断不了想你的神经

这跟从前毫无区别

只是重复自己的承诺

过去的对你来说

没有意义

用三个小时来回忆

走不到的尽头

摸不透的内心

十年以后

也许

你我之间若隐若现的故事

会从空中飞落

翔

靠在墙边

来来往往的陌生人

面面相觑

百无聊赖

忽然望见你在天空飞翔

高高的

几乎成了幻影

易变的心

又回到曾经远离的地方

开始了无限漫游

倦了

抬起头注视你

多希望你会知道

在另外的空间有个我

多期望可以

变身为你

有爱你的人

与你一起飞翔

守候美丽

水中的倒影

被石头打散

失去了原先的美丽

开始

你还会黯然神伤

时间

向前

漫长的

待到影已不复

你却早已离开

去重新寻找

寻找未知的美丽

没有人

在岸边

守候

不曾失去的回忆

不知不觉

回到从前的那条小路

重复着昨天的故事

曾经告诉自己要冷酷到底

却不能控制

向前移动脚步

满身伤痕的我

总要去想

当初的决定

是不是错误

人们说生活在变

我不以为然

纵使一切都变了

回忆不会失去

走下去

我只是如此而已

不能

抛开一切

陪你走出世界

我还要沿着世俗的路

不能

完完全全爱你

我们好像还不熟悉

我想

我如此的速度

已跟不上你的脚步

雾中

你显得模糊

再也看不清楚

莫 名

莫名的悲哀

带着我走过一个下午

不知所措

漫步街头

想是时间沉淀了自己

我等的人怎么还不出现

过了下午

我便不再等待

虽然知道

一切早有定数

音乐响在耳边

只愿

时间停止不前

只为快乐

不在意

世俗的眼光

只要

快乐就好

人生风雨

不能躲避

用心

去接受一切

为了到达终点而努力

这是

我们的誓言

用时间

证明一切

享受

成功后的喜悦

也许

故事还会继续

不会完结

不懂

静静的

那个秋天

你我相遇

至今

无数冬天

已过去

虽然

不再留恋

过去的日子

可经过的事

不会忘却

那些信

不曾丢掉

一切

不用过多的言语

这个秋天

朋友带你回来

我却

不想再见你

也许你不懂

偶然街头见你

默读

却没有了感觉

生活只能向前

忘不了

只是不愿

再想起

曾经的过去

365

了解自己

很难

不知为什么

你的影子挥不去

深深的印在心里

新恋情

是否早已无数

不知你

是否动过真情

365 个夜晚

轻轻念着你的名字

奢望在陌生的人群中

再与你擦肩

当初决裂

也许是因缘分已尽

我们的诺言如繁星

却已不见于天空

想振作自己

让你另眼相看

可惜力不从心

还是不能躲避你的视线

所以放弃了

认真演戏

隐 退

又是秋天

满天的落叶放肆地飞舞

一切

还是原来的样子

只是

你我

早已不同

时空也全然改变

忙着接受

却不知给予

所以

我不再选择

只让回忆隐退

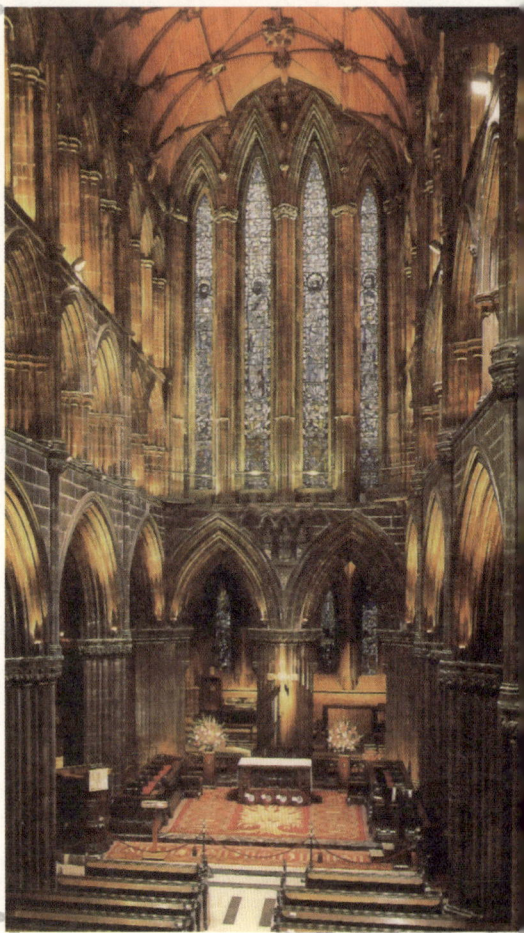

遐 想

不清楚生活中的情节

命运就是未知

它可以把完好无损的人

摧残得不可收拾

然而

生活不断提醒

每个与它共事的人

不要轻易下定义

当你真正

了解了生活

就像重新认识的爱情

陡然发现

世界原来可以

美好——无限

后记

女儿的美丽

■ 乔淑萍

女儿出国后，我对妈妈这两个字变得十二分敏感。走在大街上，漫步公园里，偶尔听到叫妈妈的声音，我便循声望去，甚至下意识地应声。转瞬间，才从迷离中惊醒：女儿远在英伦。我羡慕地望着那些母女亲昵的背影远去、远去……

女儿是上帝赐予我的天使翩翩而至。

女儿自出生就是一个乖巧的孩子，不爱哭，只爱笑。不吵不闹，只是用她那双黑亮的眼睛看着陌生的世界。

女儿人缘儿好，部队大院儿里的小朋友都爱和她玩。她所有的玩具都是小朋友的共同财富，谁想玩就来玩，以致最后成了谁想拿谁就能拿。她慷慨大方，拿走的竟也不知讨回。经常给女儿买新发卡，她高高兴兴地戴在头上去幼儿园。但回家时，她头上美丽的新发卡经常会不翼而飞。问她，说是小朋友拿去看，看过之后就"没"了。每每如此。数次之后，便到幼儿园询问，阿姨闻之一笑，让稍等片刻，果不其然，阿姨从一个外表

也还漂亮的小女孩的兜里拿出了女儿丢失的一对蝴蝶发卡。失而复得，女儿自然乐不可支。但她仍不知其中秘密，有了喜爱的玩具还会与小伙伴共享，她美丽的发卡还会经常戴在别的女孩的头上。她依然快乐地和小伙伴们和平共处，小伙伴依然可以毫无顾忌地分享她的电动车、布娃娃、发卡、花手娟……

上学后，女儿的文具盒几乎成了班上同学的公用箱。不管哪个同学忘带了什么文具，女儿都会毫不犹豫地借给他们。铅笔、橡皮、尺子、草稿纸……甚至包括作业本。尽管有时有借无还，尽管有时她自己也不够用，她仍然乐此不疲。于是，每天，我都会为她多准备出削好的铅笔，尺子、橡皮也至少是双份，为的是她借给别人之后自己还有用的。后来，女儿的班主任告诉我，有的同学知道女儿那里有借给别人用的甚至自己不带文具，女儿依然我行我素，用美好的心灵解读周围的一切。

女儿待人真善、随和，全然没有女孩家的是是非非。至今我只知道她的三五好友。投缘的是朋友，往来甚密，倾心交谈。不投缘的从未听她说长道短，从不将闲人杂事挂于唇齿之间。这亦是她的过人之处。

女儿活泼聪慧，和所有的孩子一样贪玩。我们万不得已禁锢了女儿许多自由乐，虽知残忍，可亦是不得已而为之。但有意无意或多或少地为她留下了一点有限的空间。这个空间才是女儿真正自由、快乐

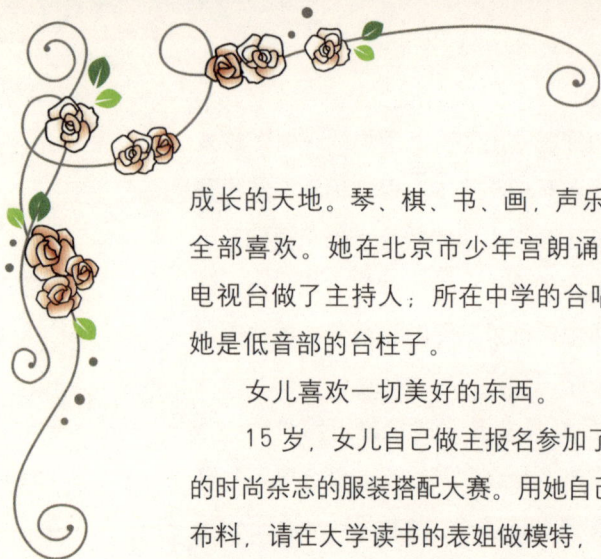

成长的天地。琴、棋、书、画、声乐、朗诵……她竟然全部喜欢。她在北京市少年宫朗诵班的同学有的已在电视台做了主持人；所在中学的合唱团获得全国金奖，她是低音部的台柱子。

女儿喜欢一切美好的东西。

15岁，女儿自己做主报名参加了国内一家颇有影响的时尚杂志的服装搭配大赛。用她自己的几件衣服、几块布料，请在大学读书的表姐做模特，设计、造型、化妆、摄影，所有的一切都由她自己在周末的上午完成。她获得了奖励——全年免费收到她喜爱的时尚杂志。

后来，女儿去这家时尚杂志兼职，联系初始主编嫌她年纪小，但知道她得奖的经历后应允一试。当女儿给两名资深编辑作助手后，竟一连应约协助拍了若干组影视明星的服装服饰专题。主编对女儿赞赏有加，直至今日。

女儿这个年纪的独生子女，多为家庭娇惯，自己放纵，只知别人照顾自己，不知自己要照顾别人。同代人的缺陷在女儿身上几乎看不到。在国内编辑部兼职，不论刮风下雨，她都要早早赶到约定地点，不但适时提出她自己的设计构想；还慷慨地把自己心爱的衣物"贡献"出来为模特装扮。不管酷暑严寒，女儿都不遗余力，来来往往于北京的几个城区。这一段经历，使她到国外后又得到英国某时装公司老板的赏识，参加一次时装周后，再三接到邀请。

我自以为女儿是美丽的。美丽的女儿选择了塑造美丽的职业：服装设计。女儿是美丽的，她心里想的是美丽，眼中看到的是美丽，我以为，由她设计出的服装也一定是美丽的。我期待着美丽的女儿创造出更多的美丽。

（注：书中插图照片和设计作品除部分源自家庭相册外，均为本书作者之作品）

图书在版编目（CIP）数据

••••••识英/伊乔著.—石家庄：花山文艺出版社
2009.7
ISBN 978-7-80755-487-5
Ⅰ.识…Ⅱ.伊…Ⅲ.散文—中国—当代
Ⅳ.Ⅰ267
中国版本图书馆CIP数据核字（2009）第103751号

书　　名：••••••识　英
著　　者：伊　乔

责任编辑：刘斌武
责任校对：李　鸥
装帧设计：晓　梦
出版发行：花山文艺出版式社（邮政编码：050061）
　　　　　（河北省石家庄市友谊北大街330号）
网　　址：http://www.hspul.com
销售热线：0311-88643226/32/35/43
传　　真：0311-88643234
印　　刷：北京蓝冰印刷有限公司
经　　销：新华书店
开　　本：889×1194　1/16
字　　数：100千字
印　　张：10
版　　次：2009年10月第1版
　　　　　2009年10月第1次印刷
书　　号：ISBN 978-7-80755-487-5
定　　价：39.00元